惠风·文学汇
（第二辑）

山海之间的记忆

"惠风·文学汇"丛书编委会 编

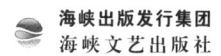

海峡出版发行集团
海峡文艺出版社

目录

石桥：守望悠长岁月 / 陈子铭……………1

青山绿水之间的仙台楼阁 / 何葆国………7

白云生处有和春 / 猎人………………15

古戏台上观下曹 / 绿笙………………26

一个古村的背影 / 温兆坚……………32

济阳：不变的炊烟 / 苏诗布……………40

白塘秋月 / 朱谷忠……………………48

走近前连古民居 / 何清平………………59

港里谒娘妈 / 郑国贤……………………71

璧洲的风景 / 国歌……………………78

琴声中流淌的祖国 / 张宇………………82

数风流建筑，还看鼓浪屿 / 林丹娅……92

天风海涛鼓浪屿 / 蔡天敏……………108

当你走过漳州那些古街 / 文峰 ……… 116

老街的记忆 / 于燕青 ……………… 127

逆流而上去古城 / 吴常青 ………… 132

说不尽的明清老街 / 杨西北 ……… 140

一条中山路，原是一棵树 / 魏长希 … 154

在中山路读懂泉州 / 郭培明 ……… 166

中山路街巷的韵味 / 林轩鹤 ……… 185

打橄榄 / 林继中 …………………… 199

梅里往事 / 杨西北 ………………… 215

芳踪赤印 / 汪莉莉 ………………… 224

不凡的水果 / 于燕青 ……………… 236

月港散章 / 黄燕红 ………………… 245

石桥：守望悠长岁月

陈子铭

在南靖县西部书洋乡的一个清流如带、绿树如烟的高山溪谷中，隐藏着一鲜为人知的古村落——石桥村。明初以来，一支张姓客家人在这里艰辛创业、繁衍生息，布满溪谷间的几十幢土楼，是他们的家园。

石桥村以宁静和粗朴的氛围走进视野，沿着缓缓的阳光照耀着的河石村路行走，草在墙头摇晃，一些蕉树生长在蛮石间，土楼门敞开着，几条木凳和一些零零碎碎的家什散落在门厅里，鸡在天井里觅食，牛若无其事地从门口晃过，三两个人在它们中间闲聊。通过临溪的窗户，可以听见溪水哗哗地流。再看远远近近的土楼，错落在溪谷间，一副凝重的表情。

明初，一个叫张念三郎的年轻人，从广东大埔浪游到这儿，也许曾发出过一声福至心灵的叹息吧。这个年轻的铁匠，放下行囊，娶妻生子，此后五百年，张家的血脉和这个土地有了深刻的关联。

山深林隐，构成了对先人深刻的诱惑，尽管这地方仍然蛇蟒盘结、虎豹出没，荣华富贵似乎是一种遥远的梦想。然而，三团溪的波光跳跃着鲜活的气息，清风中晃动的树叶述说生命的欢愉，温暖的阳光平均分配给了大地。

很快地，张念三郎在东山脚下建起了最早的方形土楼昌楼。村里人说，昌楼很小，十米左右见方，上下两层，中间为天井，四周围合八个房间，不开窗户，仅靠天井和大门采光。昌楼消失在五十年前，那些石基隐约在草间，历历可数，仿佛还在述说创业者的艰辛。三团溪的数十幢土楼，有了昌楼，便有了根的维系；石桥的张姓人家，有了昌楼，便有了昌荣的希望。在为生存而努力的年月，家庭生活的轻松和温馨，似乎是可望而不可即的事情，山间的警讯时时让主妇竖起耳朵倾听在田间劳作的亲人的消息，一些若有若无的假想敌是人们茶余饭后的话题。于是，家被建成一个几乎能锁住光线的堡垒，而男人在田间耕作的动作，看起来更像一种战斗的姿势。

此后，石桥村陆陆续续建起的土楼，虽然造型各异，却无一例外地显示出统一而且平均的特点，空间序列严格规整，主要构件大小统一，围绕一个院落，紧抱成团，这种军营式的建筑观念，像一根尖锐的楔子，贯穿着此后五百多年的石桥人的日常生活。

一些年后，永安楼出现了。永安楼是石桥所能见到的最早的方形土楼，这楼坐南朝北，安全依然是刻意的要求。结实的蛮石墙基，厚厚的夯土墙体，无言中流露出张家人走出最初困顿时的谨慎心情。这时候张家传到四代，人口不足十人，这楼却上下四层六十四间房，子孙的未来被早早地做了规划。在这个偏远的山间，一种薪火相传的理念，融汇到张氏血脉中，展露出极为执着而坚韧的品质。

石桥村的整体布局形成于十到十三代，大约到了清朝初叶，石桥张家度过艰难的创业期，其时家族人丁兴旺，农业和手工业并举，生活环境渐渐稳定下来。于是，人们从昏暗的房间走到日光下，清凉的山风让心情变得柔软，田野流淌的从容的笑语瓦解了主妇眼神的不安……渐渐地，封闭如堡垒的方楼，舒展成了自信稳健的长楼。

长源楼的出现反映了村人在物质财富和精神生活上开始享受到的自由。长源楼面河而建，一道宽厚的土墙从河床升起，稳稳托住基座。这楼，正房三层，倒座一层，前高后低，顺乎自然。轻巧的木质结构，与坚硬的基石呼应，沉着有力而又从容洒脱。而高低错落的屋檐在日光中变幻的光影，洋溢着明朗的家居生活的气息。凭窗临风，看远山近水，听溪声鸟鸣，往日的艰辛，也就渐远了。

长源楼北侧的逢源楼，是张家子弟读书的地方，规模小而开放透亮，临溪这一溜被做成镂空花样的女儿墙，在流逝的日子里，也不知曾放飞过多少雀跃的心情。如今世事已非,当孩子们笑着穿过瑟瑟的走廊,到阳光里寻找欢乐,遥远的书香,再一次被唤起。

向日楼和向月楼是人们奇思妙想的结果。这楼状如牛角。据村民说,这楼能精确地把握春分、秋分的时间。每年春分那天,太阳恰好正对向日楼的大门升起,秋分时,月亮又恰好正对向月楼大门落下。想当初,张家的先人沐浴着清凉的山风,坐看这日起月落,想必也曾有过偷得浮生半日闲的心情吧。

在石桥村的长形土楼开始走向成熟的时候,命运又带来了一次变数。清同治年间,太平军纵横漳州,石桥一带山高谷深,成了军队的转战地。厚重的土墙终归抵不住犀利的炮火,正在兴旺的石桥村建设遂告停止。六十年后,建设重新启动,一种封闭的防御性强的圆楼取代了原本那些相对开放和自由的长楼。

圆形的顺裕楼兴建于动荡的年代,倡建者的命运因此蒙上了悲剧色彩。据说为了一个儿时的诺言,一个叫张启根的年轻人从南洋携资回乡，于是有了1927年顺裕楼的动工兴建。然而工程的完工却是二十余年后的事了。其间艰辛不得而知，只是在人们搬入新居一些年后，张启根瘐死狱中，留给后人的，便是这粗朴的楼和零零碎碎的传说。

在经历了战火和杀戮之后，所有对平静生活的期待被深刻地写在家园的重建上。圆楼封闭而向心，仿佛抱定信念，要以坚固的墙体和温暖的亲情，抗拒外面世界的风寒。顺裕楼四层两百八十八间房，鼎盛时居民九百余人，此后出现的圆楼，规模无出其右。然而，对石桥的历史来说，土楼的兴建，毕竟已近尾声了。

石桥村坐落在大地的隐秘处，同它的建筑一样，性情内敛，不事张扬。但它并不是一位在连绵群山中遁迹的隐者，把许多优美的想象留给诗意的空间。五百年来，它守望悠长的岁月，当世事更迭隐匿了生活原来的面目，苍翠的青山掩藏了生命斑驳的细节，石桥以它脉络清晰的建筑群体，展示出一种坚韧的生活理念和与艰辛对峙到底的倔强和信心，让仰望者倍感苍凉。

青山绿水之间的仙台楼阁

何葆国

从土楼之乡南靖书洋往西行十二千米,到了一座小山包——当地人称作"狮子地崇"。登上山头,视野豁然开阔:对面是巍峨的青山(狮子山),脚下是美丽的土楼村庄;两条小河流在狮子山左边的山脚下交汇,像是一个飘逸的"丁"字。河的两岸,青竹绿树,十余座方楼、圆楼就掩蔽其中。在狮子山后还有一片谷地,白云浮动,炊烟升起,几座方楼和圆楼若隐若现、错落有致地分布着。远远望去,这个美丽的土楼村落就像一片仙境楼阁。

这就是列入世遗的土楼群之一——河坑土楼群。青山绿水之间映照着十四座土楼,壮丽而和谐,好像土楼就是从土地里生长出来一样,浑然一体。从狮子地岽往下俯瞰，春贵楼、裕兴楼、裕昌楼、阳春楼、永庆楼、晓春楼、东升楼七座圆楼恍若形成一个勺子状，就像是天上的北斗七星，而朝水楼、永贵楼、阳照楼、永荣楼、永盛楼、南薰楼、绳庆楼七座方楼也如影随形，形成一个新的北斗七星阵；两阵并不对峙，而是相辅相成、方圆相配、阴阳相合，这是土楼里绝无仅有的奇特景观，令人遐想无穷。

从公路往下有一条小径，穿过弯弯的田埂，经过河坑张氏的祖堂——世英堂，就走进了村庄。那些仙台楼阁般的土楼便一一展现在面前了。在这些土楼里，比较古老的都是方楼，其中朝水楼、阳照楼建于五百多年前，永盛楼建于四百多年前，永荣楼建于三百多年前。朝水楼，正是方状北斗七星阵的起点，也是河坑土楼群最古老的土楼。这是一座颇为传奇的四角楼，它历经数百年风雨沧桑，见证着河坑村的兴盛与艰辛，从某种意义上说，河坑的人文历史正是从它开始的。

朝水楼面向两条溪水的合流，大塘坑和肖坑两条溪水蜿蜒流来，汇成曲江的一个支流，又向前方缓缓流去。老话说，朝水一勺能救贫。朝水楼正是建在合流的溪岸上的一块开阔地上。相传朝水楼是河坑开基祖张仕良的儿子张六一、张六二兄弟所建。那是在明朝嘉靖年间，经过两代人的开荒垦殖，河坑已是一个稻田连片、竹林茂密的村落，人口也增长得很快，张六一兄弟决定为族人夯建一座四层土楼。族谱记载，朝水楼始建于嘉靖二十八年，嘉靖三十二年完工。四年多披星戴月的夯造，朝水楼终于在溪岸边耸立而起，安居然后乐业。几百年时光悠悠而过，尽管这期间有风霜、有匪情、有水患，人们在朝水楼的日子受到了一些挫折和磨难，但还是相对平安地一代一代地生活下来。时间到了1923年，一场灭顶之灾突如其来，大火焚毁了朝水楼，昔日高耸的四层土楼变成了一片废墟。这场大火的起因现在已无法探究，所幸的是没有族人死于火中，然而痛失家园的人们面临着如何重建的生存考验。张氏族人没有气馁，他们齐心协力，很快在原址重建了朝水楼。

重建家园的力量是所向披靡的，当朝水楼在溪岸边重新耸立的时候，你不得不敬佩河坑人的毅力和坚强。重生的朝水楼只有三层，最令人称奇的是它没有石砌地基，仅在墙体外嵌砌卵石。没有石砌地基，如何能起高楼？村里的老人介绍，这块土虽在溪岸边，但是土层非常坚硬厚实，可以撑起大楼。这个说法稍嫌简单，但事实就是最好的解说，重建的朝水楼已近百年，却是巍然挺立、安然不动。当然，重建时土料发酵充分，木料壮硕精良，夯造到位，无疑也都是重要的因素。如今绕着朝水楼走一圈，那坚硬而略带斑驳的土墙，还可以让你感受到河坑人重建家园的信心和用心。

可惜，朝水楼大门前的那口池塘近几年被填平了，据说这主要是出于对儿童安全的考虑。这里不能不说到朝水楼门前的一座坟墓，村里人把它叫作"新丁墓"，坟墓朝向两条溪流，它们正好形成一个"丁"字，村人添丁之后必带着新生儿到墓前祭拜。

为什么把墓地建在土楼门前，而且还是村中显要的位置？这里面有一个世代相传的故事。说是建造朝水楼的张六一，娶有曾、王二氏，一直未能生育，她们害怕张六一断了香火，便再三劝请张六一再娶一房，她们甚至亲自帮丈夫探听、物色可靠的女子。最后张六一还是听从她们的安排，娶了黄氏，次年便生了个儿子。这三个女人共同在朝水楼生活，倒也和睦相处，情如姐妹。话说某年阴雨连绵的一天，曾、王到黄氏的房间里闲谈，黄氏所生的儿子张益宗走进房间，叫了一声："妈。"三个女人几乎异口同声应道："哎。"张益宗嘟着小嘴冲着曾、王氏说："我是叫我妈，又不是叫你们。"这两个可怜的女人一下愣住了，眼泪夺眶而出，掩面走回自己的房间，越想越伤心，哭泣不已。张六一闻讯连忙赶来劝慰她们，她们一连几天不吃不喝、终日悲泣，黄氏带着儿子向她们跪下请求宽恕，她们方才稍微平静下来，心头的创伤却一直难以弥合。张六一不解她们为什么听了小孩一句话就如此伤恸至深，她们说一直把孩子视同己出、宠爱有加，孩子懂事了，却只以生母为亲，不将她们当作母亲，活着如此，死后也可想而知了。张六一这时才明了她们的心头隐痛，对她们说，他一定教育孩子把她们当作亲生母亲看待，生前好好照顾，死后隆重祭拜。他当即立下规定：曾、王二氏百年后合葬在朝水楼前，为防牲畜扒挖和野草生长，墓地用卵石砌成。每年清明祭墓时，村里新生儿都要由父母抱着到墓前烧香叩拜。墓前还要搭台演戏，组织铳队朝天鸣铳，杀猪宰羊，献礼祭祀。后来，张六一就在朝水楼前造了"新丁墓"，合葬曾、王二氏，让她们倍享身后哀荣，而他自己和黄氏则交代子孙葬在村外山上，不与她们争香火和牲礼。几百年来，这一习俗流传至今，河坑张氏族人恪守先规，从未有改变。

河坑土楼都是卵石砌基，墙体用发酵过的深层泥土夯成，虽经风吹雨打，已出现斑斑陈迹，却依然无比坚固。除了绳庆楼有三个大门外，其他土楼都只有一个大门。门楼用石条半圆拱顶建成，门闩都是用一根六寸见方丈把长的硬木直插墙内，没有两个人根本就开不了楼门。永盛楼是河坑土楼里最高的，四层。东升楼、春贵楼、裕昌楼较大，每层有三十六开间，可以住一百多人。绳庆楼的形状则是比较奇特的，呈"日"形。后面的"口"是主楼，约建于三百年前，高三层，一层二十一开间，后排却是三层半，天井里建了一座祖堂。前面的"口"是附楼，是20世纪40年代末修建的，高两层，以主楼为东面墙而围起三面墙，依地势高低而逐次降落，看起来颇有层次感。整座楼有上下两个天井，有三个大门、一个侧门、十部楼梯，陌生的游客初次走进来，犹如进了迷宫，大多会迷路。永贵楼有点像是一个"吕"字，不过后面的"口"是主楼，要比前面的"口"稍大一些，高三层，在天井建了一列三间的祖堂，绕着祖堂又建了一圈平房，每隔三间房留出一条小通道，在祖堂里又留出一个小天井，显得别有洞天。前面的"口"只有两层，每层十八开间，是1995年新建的。南薰楼也是方楼，但是在建造时受到用地限制，大门右侧的两个墙角由直角砌成钝角，看起来就不那么方方正正了。

河坑的圆楼建造时间都很晚，大都没有超过五十年的，其中阳春楼2001年被一场大火烧毁，新近刚刚重修完毕。河坑的圆楼像是同胞兄弟一样，面目相似，虽然没有什么特别之处，但是一帮兄弟手挽手站在一起，一片虎虎生气的阳刚，令人不敢小觑。

正是这样一些普通的土楼，和青山绿水融为一体，与蓝天翠竹交相辉映，构成了一幅质朴清丽的山水画卷。一个普通的土楼村庄，生活着一群普通的村民，一座土楼就像是一个家庭，欢乐热闹，和睦相处，在旅游者看来，他们就像是生活在风景画里，那一座座土楼就是仙台楼阁。

白云生处有和春

猎 人

和春坐落在博平岭山脉东北延伸支脉之中,位于华安与漳平永福镇的交界处,它的西北面有一座海拔超过千米的牛古仑山。

山上云雾时常腾起,千奇百怪,变幻莫测,林木青翠,群鸟和鸣,杜鹃花像彩云似的随意渲染,置身花的海洋,让人觉得自己也是一株小树,分享这难得的春光。往西北望去,福田村、马坑乡全景尽收眼底。山中有村,村中有林,林中有田园,田园之中有云雾,真是白云生处有人家。倘若联想更远一点,这不正是人类与自然水乳交融而成的五线谱吗?

如果把群山看成一片片叶子,那么和春这个盆地就像是一个小巧的葫芦,尽管它海拔超过千米，面积有五平方千米，但掩藏在茫茫群山之中，立显微不足道，这个"葫芦"一不小心就被世人所忽略，不过开发和春的邹姓祖先发现了。

传说元末，漳平永福陈村邹姓有位姑娘，不但容貌美丽，而且身上流出的汗也是香的。皇帝听到谗言后，就传旨招她进宫为贵妃。邹姓人家是有骨气的，他们不慕荣华富贵，尊重香汗女不进宫的决定。香汗女上吊自杀了，邹姓人家连夜逃亡。邹家三兄弟，一个人走到草鞋破的地方安家；一人走到篮筐绳子断、锅掉落的地方安家；而老大抱着鸡走到鸡叫的地方，也就是和春安家。这些传说很轻松、很神奇，但实际并非如此。因为他们只能往人烟稀少的地方逃亡，林草茂密，虫豸出没，随时都有迷路和死亡的危险。

激起我到和春村走走的理由很简单，和春村是漳州地区海拔最高的行政村。

山路变得险峻起来，就像一条腰带嵌入山腰。我们的车就像展开隐形的翅膀在林间云雾中穿梭。头上是高山白云，几步之外便是上百米深的峡谷。险峻的还在后头，到和春的山路几近"之"字形，而且狭窄难行。倘若远远看到有车迎面驶来，下山的车就得先找个比较开阔的拐弯处停下来，礼让上山的车。站在顶格山往下眺望，恍如一梦初醒：所走过的路竟然像原地踏步，只是升到半空中。难怪人们都惊呼其为"闽南天路"。

我不由感慨万分：偏僻不在距离的远近，而在难以企及。

也许在以前，这里本没有路，只是"走的人多了就变成了路"。一首当地的歌谣：阮娘岭脚哥岭头，未到半岭汗就流。若有好风吹得到，好去为哥解心头……唱出了香汗女的温柔多情和天路难行的感慨。

山重水复疑无路，柳暗花明又一村。转过山头，凉爽的微风徐徐吹来，一个村庄隐约呈现在眼前。远处红的是山花如彩云，绿的是林木深秀如锦缎，白的是炊烟，是山岚雾气。近处是鸡鸭奏鸣乡间小曲，田间往来种作，黄发垂髫怡然自乐。牛古仑山就像一位慈祥的母亲伸出双手呵护着和春,屋顶上是青翠的毛竹宛如丝带飘扬着,房子就像是一个个老人在回味苦乐年华。这样的颜色协调、动静结合、层次分明,不就是一幅或明或暗、如梦似幻的山水国画吗?

因为和春的海拔高,所以夏天很凉爽,不太需要风扇和空调,是个避暑的好地方。盆地相对来说比较闭锁,不易受外界的侵扰,因此和春几百年来,变化不大。这里很少有当代风格的建筑和现代化的设施,每座房子都有几十年,甚至几百年的底蕴,那深黑色的砖瓦看惯白云苍狗,在历史的天空中静默,我们仿佛走回明清时期,被古老的气息所熏沐。是的,面对这个宝葫芦,时光的脚步怎能匆匆迈过?

村庄是如此古老,随便一草一木,都是无价之宝。据考察,村里有古树木二十多棵,较名贵的有九棵,被誉为"九大王",他们是红豆杉王、柏王、罗汉松王、桂花树王、杉木王、杜鹃花王、茶树王、杜英王、含笑王。这些几百年，甚至上千年的古树木们，饱经风霜和风云变幻，却依然孕育出那不老的绿意。抚摸那嶙峋的树皮，任何人都是十足的年轻和稚嫩的。村民们更是把它们当成自己的长者加以细心的照顾。是啊，这些古树见证和春村的开发与繁盛，如今也该好好安享晚年了。

有关土楼建筑的论述很多，我想夯土成楼最主要的目的是防兵匪之纷乱。在我们欣赏这些建筑奇观时，恐怕要想到每一座土楼背后的心酸故事吧。邹姓祖先也许是避乱而走进和春，但倘若外世真的纷乱，恐怕桃源也未必能幸免。和春现存的土楼有五座，其中修建于清末的引庆楼，引起我的关注。在大门的上方，有两个斜对大门的射击口，这是其他各地土楼所未出现的独特设计。单从这点来看，邹姓先祖们比其他人更高明，考虑得更周到。

防兵匪须要提前预警。聪明的和春人早在元明清时期，就在能够俯瞰四周的牛古仑山上设立了烽火台。在抗日战争时期，它成为中美合作哨所。如今烽火台走进历史，黯淡了刀光剑影，任人倾听它无声的呐喊。

村中有座修建于元末的圣王庙，建筑风格和规模大小与闽南地区的宫庙没有多大的差异，但里面祭祀的主神不是闽南地区的任何神仙，而是南宋的客家状元邹应龙。客家人虽属于汉民族，但他们有独特的习俗和语言，在唐宋时期由于战乱饥荒等原因，由北往南一路闯荡而下，被誉为"东方的吉卜赛人"。但是面对村民热情的问候，那种亲切地道的闽南乡音，我简直不敢相信他们竟然是客家人。和春人确实是操着闽南语的客家人，也是邹应龙的子孙后代。

和春东洋山下有座龙兴堂，据说它是邱姓人家的祠堂。从庙前的台阶到庙里的石柱础、石莲花香炉，到整体长条的石佛座，都是典型的元代风格；屋顶木构却是明代的；横梁上的彩绘又具有清代的特色。如今，这里没有邱姓居民，只剩下龙兴堂空对门前隔路相望的石拱桥，回忆昔日的辉煌。可见这里最早的村民还不是邹姓人家。邹姓祖先或许是因逃亡的需要，在和闽南人打交道时，改说闽南语的。从地理学的角度说,和春位于客家人和闽南人的交汇处,生活方式和起居饮食肯定受到影响;从客家人的精神特点来说,他们善于吸收外来的精华,让自己更好地生存发展。总之邹姓人家被闽南人同化了不少。比如他们的房子也带有闽南建筑风格——屋脊有燕尾翅。一副对联也透露些端倪,藏在修建于明朝的崇远堂,内容是"崇重先型自古曳裙呈舞雪,远追来孝从今吹律播和春"。由此可见,邹姓祖先在这里经历了怎样的辛酸蜕变,才得以繁衍壮大。

和春人自己的言谈举止越来越接近闽南人,但他们的精神信仰没有变。走进富有闽南建筑特色的老屋,里面供奉的是自己的祖先。每年的农历二月初六和七月廿七,村里都举行盛大的祭祖庙会。村民们连同返乡祭拜的亲人都穿上节日的盛装,舞龙舞狮、鸣鸟铳、放焰火、走古事、游龙艺来祭拜祖先,祈祷来年平安、五谷丰登。这种客家习俗很有"衣冠简朴古风存"的味道。长美堂有副对联道出了和春人的精神信仰:"读圣贤书方成善士,守祖宗志乃是孝孙。"正因为骨子里有客家人优良的传统,所以他们不管走到哪里,不管生活方式如何变化,甚至放弃他们的客家话,他们都不会改变客家人的身份。

邹姓祖先走进隐藏在大山中的宝葫芦,但他们并不想"不复出焉,遂与外人间隔",还是希望子孙后代能够走出这个偏僻的地方,去茫茫人海里有所作为的。半山腰的茶园中有座"悬棺",传说是邹姓远祖珍珠公的母亲的寿器,安放在一座小屋内。这位伟大的母亲敢于颠覆"入土为安"的传统的原因,各种说法都有,但我更愿相信这种说法:她希望魂灵能看到和春的繁盛,以及目送子孙走向远方。这具古"悬棺"依然完好无损,发出暗桐色彩和令人肃穆的氛围,把数百年空洞的时间概念以直观的形式展示在游人的眼前,让人遐想万分。

和春这个宝葫芦让邹姓祖先有了立足地,但发展空间毕竟太小了,不走出去,总有一天会人满为患。另外,他们身上澎湃着客家人的血液,那种潜在的闯劲永远不会消失。因此,一代代和春人走出这个偏僻的小盆地，四处扎根繁衍。从元代以来，大部分邹姓族人陆续从这里分香迁徙至华安的新圩镇、华丰镇、高安镇，广西容县，台湾乃至东南亚等地。

祠堂便是外出族人留给和春的献礼，告诫子孙即使人在他乡，也永远不要忘记自己的根在和春。村里共有修建于明清时期的祠堂二十五座。这里的祠堂别具韵味，在建筑格局上很值得赏析。祠堂的前边几乎都有一个半圆形的小池塘，后面都种有挺拔的毛竹小林。池塘像一面镜子，倒映着美丽的祠堂和毛竹林。这样祠前有池，池中有祠，浑然天成。

最值得一游的是安仁堂，虽然有些老旧，但是散发出来的沧桑感和古老的魅力，让人流连忘返。堂内木雕、彩绘、壁画历经岁月的抚摸，依然精致完美、生动逼真，高超的艺术成就让人叹为观止。特别是屋顶木拱下十六只木雕狮子，形态各异、栩栩如生，几百年过去啦，依然齐心协力地拱起一方晴空。祠堂后面的竹林中，蹲着一对石狮，回首摆尾，互为逗趣，极具鲜明的明代雕刻风格。四周的新笋像比赛似的竞相破土而出，历经几百年春天的石狮依然忠心耿耿地守护着祠堂，让在外的子孙能安心拼搏。

如今，和春人还在以各种方式"走出"家乡。我开玩笑地问："走出去的都是精华，那留下来的怎么样？"农民画家邹嘉湖老先生，今年八十五岁，耳聪目明，精神矍铄，他的《梅雀迎春》收入《中华民间文化记忆作品选集》里。和春村的荣誉村民——著名山村老摄影家李天炳先生，他的一整套自然光拍照、冲洗技术，世上罕见，2009年被中国文联授予"从事新中国文艺工作六十周年"荣誉证书和证章。虽然人在和春，他们的名声却走出了和春。在这"穷乡僻壤"里竟有大师级的人物，看来和春人不简单。

在这里对月细品高山茗茶，聆听孔雀瀑布少女般的歌唱，体会农家的悠然和宁静，不啻是一种享受。以读圣贤书的眼光来看，和春更像一本珍贵的古籍，品读它的文化底蕴，以及和春人的精神，可能有意想不到的收获。但是时间匆匆，我这个游客也得走出宝葫芦了，借王观的诗句话别："若到江南赶上春，千万和春住。"

古戏台上观下曹

绿　笙

突然而至的大雨将早晨的村庄笼罩在一层轻纱般的水雾中，迷蒙的天色间有家燕在雨中斜飞，将密密的雨线次第剪断。这就是久闻其名的古村落了，一个隐身于宁化客家山水中名叫下曹的村庄。在置身错落于古巷新街之中的一幢幢别具风格的老房子里后，对于史料上所记载的历史就逐渐有了清晰的感觉，而当我站在古戏台上忽然就找到了解读它的一种奇特的视角。

这座建于明末清初的戏台，位于名叫"敬湖公祠"的老房子里。公祠里当然可以找到一个家族源远流长的文化脉络，其微妙的信息就深藏于被日子浸染陈旧的雕梁画栋里，那一个个托起巨大木柱的石柱础就凝结了这个家族的风风雨雨。悬挂着"世德堂"牌匾的大厅搭建起后人与先祖血脉交流的平台,于香烟缭绕之中刻印在族谱上名字将变得具体而生动。更引人注目的当然是隔着天井与巍峨的大厅相望的戏台,它无疑是这个村落中一个让人们放飞梦想的舞台。据村里人介绍,每年的农历二月初二和八月二十八,戏台上就会上演一出出精彩的大戏,采茶戏、木偶戏、傀儡戏等不同的戏种将为村里人摆上一台异彩纷呈的文化大餐,让坐在天井和大厅之上的人们在边喝擂茶边看戏的过程中感受到家族的枝繁叶茂和来自久远历史的荣耀。

当我怀着一种探奇的心理顺阶梯走上古戏台时,当然没有看到台上、台下这精彩的大戏是如何上演的,但我仍然从舞台上一个个被脚步打磨过的木板上感受到了悠扬婉转的唱腔和柔媚的身段,令我于恍惚之中也成了某出戏中的一个角色。而那戏台前天井之上飘洒得如此淋漓尽致的亮白雨线与几百年前一样,一点点投掷在屋瓦之上,发出壮观的声响,让人的心于喧嚣之中沉静下来。

正是这样一种雨声所喧闹出来的宁静，让我随后穿行在下曹村古民居间那逼仄的小巷子里，进入多少有些苍老颓败的建筑之中时，就恍如一直站在古戏台上，也就拥有了一种松散而清鲜的心情来翻阅有关村庄的历史。据《曹氏族谱》记载，宁化县曹坊乡下曹村建村的历史可追溯到南宋德祐元年，现存的二十四座古民居大多建于明末清初。由此可知这些挺立了几百年的老屋并不能代表这个村落的最初形态，但从中我们仍可以完整地感受到客家传统文化的博大与精深。徜徉在下曹村古民居群落中，从那雕花围栏的绣楼依稀还可见客家少女凭栏眺望的倩影，那天井上方的天空仍可看到昔日飘过的那一束月光是如何照亮房屋主人的情趣，那耸立的门楼和高高的门槛则在诉说着一种古老的文化隐喻。而在村中的四方古井依然清晰见底、水量充盈，让人感叹它是如何能将时间珍藏得如此清鲜了！这口水井在几百年前曾滋润了曹氏先祖，现今依然源源不绝地滋养着下曹村的子民。据说在1934年10月间，红九军团后勤部驻扎于此时，就饮用过此井的水。

而红军是流传于这个客家村落中相去不远的故事，这从一些老房子里仍清晰保留在墙壁上的各种红军标语就可以得到验证。当我信手记下这些红军标语，在回想诸如"白军弟兄，蒋介石把北方卖给日本了，立刻北上抗日救出北方几千万同胞。白军弟兄，同红军联合起来，一致对日作战"，这样的标语所产生的潜移默化力量之时，忽然感到村落历史在延续到这个时段时与另一种形式的历史对接，并且对接得如此惊天动地。当年毛泽东的弟弟毛泽覃就从这里带走了两百多个下曹村人参加红军。村中保存的最为庞大的是拥有"九井十八厅"的老房子，一位曹氏后人告诉我这里曾是红九军团指挥部所在地，而他的一位大伯当年就从这里出去当了红军。这许许多多的红军客家子弟，后人无法一个个记住他们的名字，但他们以一种群像的方式印记在古老的民居之中，这或许是当年的红军兄弟们想象不到的。有趣的是，人们似乎总希望能在历史长廊中留下自己的印迹，哪怕是只言片语。在下曹村的一座古民居里我就看到这样的努力，墙上青砖上那赫然显目的烧制出来的几百年依然栩栩如生"树堂"两个字，我宁愿相信它是房屋建造者要让后人谨记的文化烙印，而不是为了防止别人撬走墙砖。无独有偶，在一堵后墙照壁上残留的据说是"扬州八怪"之一的黄慎的真迹刻字，也在以另一种形式体现后人对古老文化的珍视。

事实上，下曹村是一个耕读之风浓郁的村庄，客家人重视文化传承的传统在此得到了弘扬。据《曹氏族谱》记载，下曹村曾出过不少客家英才，清朝光绪年间还出过"皇封正四品"的官员。不仅如此，或许是看中此处的文化氛围，文人墨客多驻足于此。"清代隶圣"伊秉绶曾在此办过学堂，并留下不少墨宝。在那当年他课书过的小屋，墙上依稀可辨的"圣旨"就记载了这样的文化荣耀。在"杨冈公祠"——惠时堂前的高大木柱上写的对联"谯族祖谱世代永远家家旺，国强民富子孙发达户户盛"，则无疑寄托了先祖对后人耕读传家、志向远大的期盼。这样的期盼在村尾新修建的"九龙桥"上得到了呼应。"龙门敞开通銮殿,桥梁高悬登金魁。"这豪迈的气魄不正是客家文化枝繁叶茂、源远流长的一种精神底蕴吗?

当我在雨停后悄然放亮了许多的天空下穿过布满青苔的天井,走上另一座更为古老的"杨冈公祠"古戏台时,忽然觉得其实在历史的舞台上,昨天与今天、现实与未来之间根本就没有明显的间隔,掀开那层人为的幕布遮挡,台上、台下其实都在一出更大更精彩的戏里,戏里戏外的人都是其中的角色。而我们此时此刻的文化就生长在历史那巨大的枝干上,也因此,我们对于逝去的文化只有以一种匍匐的姿势接受后再挺起腰杆,才能让文化从我们的手上传递给未来。如此,下曹古民居及依附其上的各种文化形态所代表的客家村落独特的文化元素理应得到我们的珍视。

这时,站在下曹古戏台上我听到了一声由远及近的歌谣,那是历史、现实、未来合奏的天籁。

一个古村的背影

温兆坚

> 走进上坪村,行走在幽静小巷平滑的石板路上,徜徉在浓浓的古村文化的气息中,就如走进一幅历史的画卷。它的传说,它的古建,甚至它的落寞,都为这个历史文化名村罩上了一层神秘的光环……
>
> ——题记

春风轻轻地吹拂,阳光柔柔地落在村口几株百年老枫树的顶端,斜斜地漏过枝叶,地上就有了被阳光筛出的浓浓淡淡的树影,仿若古村千百年不变的背影,迷迷离离,斑斑驳驳。当整个古村进入视野的时候,浮躁的心为之一静,平和而淡定起来。如果没有身临其境,是很难想象在现代纷繁嘈杂的尘世，会有一片保存得如此完好又如此恬静的古村落。始建于五代十国时期的上坪村，依山傍水，群山环抱，两腰玉带（两条小溪）环绕，小桥流水，曲巷通幽。二十多幢古建筑，最早的建于宋代后期，最多的则是清代建筑。古屋、牌坊、学堂、花园，不同年代的古建筑不约而同地体现出亦儒、亦官、亦商的文化品位。村里逢年过节或红白喜事还有传统的傩舞、花轿古韵、宴堂乐等民俗表演。无论古建，抑或民俗，上坪村都是一个令人叹止的奇迹、一笔厚重的精神财富。

祠堂是每个村落必有的建筑，不论其规模或重要性都是其他建筑无法替代的。祠堂，源于汉代。南宋朱熹《家礼》立祠堂之制，从此称家庙为"祠堂"。当时修建祠堂有等级限制，做过皇帝或封过侯的姓氏方可建家庙。到明嘉靖时才许"民间皆联宗立庙"。据介绍，上坪杨家祠堂建于清乾隆四十二年，全称"杨氏家庙"。杨氏家庙为二进制单檐歇山顶抬梁木构建筑，粉墙灰瓦，有正、中、下三堂，中有四方天井，两边有回廊，布局层次分明。全庙由一百棵杉木柱支撑，全部用榫卯镶嵌而成，没用一钉一铁。上坪村是一个单姓村，除了外嫁来的女子，全村只有一个姓氏——杨，可以说上坪村就是杨家村。据杨家族谱载，五代十国时期，上坪杨氏始迁祖杨感遁携家带口从福州迁至溪源乡上坪村——当时村名"六龙井"，开始开荒造田，筑居避世。随着杨氏子孙的快速繁衍，至元代初年，其他族姓或外迁，或消失，六龙井成为单姓村，后改名"上坪"。也正因为一个村只有一个姓，这个村的悠久历史，便大多是由家族的情感来维系和传承。这也使得一些珍贵的村史资料和独特的古建筑能够完好地保存下来。让我感到惊讶的却是正堂神龛上供奉的上坪杨家的列祖列宗，其中竟然有"始祖汉太尉关西夫子杨伯起公府君"的神位。杨伯起就是杨震，上坪杨族原来是"四知太守"杨震的后代。立于正堂之中，不敢喧哗，只屏定了呼吸，却分明有了这样的感觉：先祖们被后代作为神供奉起来，受了许多香火，他们在天之灵应当也如在世一般，依然肩负着许多诸如庇佑后辈的责任，因而无法轻松逍遥吧。

漫步幽巷，每一幢无论是保存完好抑或残破的古屋民居，甚至废墟遗址都留下了历史的影子，都是一幅精致画图。

信步跨上几级台阶，抬头见一石柱门楼，匾上却是一抹空白。听介绍说，这幢民居名为"得水园"，因屋前小溪而得名，匾上的字因年代久远而驳落遗失了。走过围墙，迎面的是一幢二进穿斗式歇山顶木质结构的房屋。信步闲庭，那屋顶山墙上生动的飞檐、房梁花窗上精美的雕刻，以及精心的整体布局，依稀透出昔日的奢华，让人感叹，让人神往。而今，得水园的主人只有年迈的老两口，年轻一辈都外出打工了。这老屋不正如老两口，经过曾经的青春年华，经过曾经的辉煌岁月，也经过曾经的世事沧桑，现在迟暮迟钝了，却依然坚持相守相依，让人嗟叹，让人伤感。

千年古村，千年文化，良好家风的传承与传统的家教有着一种必然联系。许多私塾学堂之类的教育场所，家族后辈们就在那里接受传统的儒家理学思想的培养。在这些古建筑群中漫步，随处可以感受杨家以耕读传家、崇文尚学的儒风。杨家学堂就透露出这样一股浓浓的理学氛围。相传，学堂为杨家四房早先祖公所建，堂号"四知斋"。汉太尉杨震，以"天知、地知、我知、子知"拒贿，所以杨族堂号为"四知"。

在古代，牌匾或说明古屋主人的身份、地位，或寄托主人的某种愿景，或作为儒家理学的教化载体，无疑是对后代乃至整个家族的家教与期望。据说，杨家学堂曾邀理学家朱熹前来游驻讲学，至今在神案两边仍挂有一对木刻板联，上面刻写有朱子的"读圣贤书，立修齐志"。其实，这副联并不完整，完整的应该是"行仁义事，读圣贤书；立修齐志，存忠孝心"。此为朱熹在乾道三年八月，应刘珙的邀请，前往潭州（今湖南长沙）访问张栻时，为理学卫士"湘中九君子"所题。这对板联流传很广，白鹿洞书院、武夷书院、尤溪县博物馆等地方都可见到明清时期的摹本。另外在堂柱上还挂有"忠恕待人圣贤学问，包容律己宰相经纶""文章起凤毛，孝友传家国"等五副楹联。这些无不透露出杨家家教的严谨，寄托着对整个家族的修身治家、忠恕包容的期望，与"四知斋"相互应和。在这种家风的倡导和儒风的熏陶下，上坪村一时人才辈出，当时就出了文武秀才十几位。站在书案前，轻抚已经斑驳的案几，仿若几百年前的一个学子，置身于浓浓的理学氛围之中了。

古香园，一座曾经最为热闹而今却最为寥落的后花园。穿过爬满青藤野草的牌楼，颓败的残墙带着沧桑最先进入视野，之后是长满荒草的池塘和古戏台。据介绍，古香园依山而筑，占地十余亩，曾有一水榭、一戏台、两荷池、八亭阁、十二锦鳞池，流水潺湲，回廊曲折，亭台楼阁隐没于花丛之中，真山真水为古香园增添着灵气。或是在某个秋日的黄昏，某位杨家千金小姐或闺中富妇，守在大门紧闭的楼内，慵懒地倚着美人靠，听那秋雨落在荷花池中，静静地守候那份对心上人思念的素淡与清雅，淅淅沥沥，点滴到天明。"唯有寒潭菊，独似故园花。"而今，那些曾经的奢华与诗意都已经或湮为废墟，或破败零落，只剩蛀空的雕梁花窗、颓落的戏台和老宅废墟一起没入野草，凝入历史，无声无息地默守着自己的寂寥。这么诗情画意的花园，难怪当年欣木公花了白银万两建造，而后两兄弟分家，宁可要这座园子也不要三十六个山头的田产。

在村子里穿行，随处可以看到村子布局的合理、功能的完备。从一幢古屋到另一幢古屋，每一幢建筑之间建有小门楼，关上门楼则相互独立，开启门楼则相互通达。而村子中的小巷更是四通八达，纵横如棋盘，既便利交通，又可兼作防火通道。再看古村的排水，那简直就是一绝。村中每一幢建筑中央均有开放式天井。古人认为水即财，天井可使四水合一、财不外流。天井将屋檐流下的雨水收入庭院内，通过青石板间的缝隙和方孔钱状的漏孔，导入"渗井"，再流入暗渠，通过暗渠汇入两条绕村而过的小溪。而小巷中皆铺就青石路面，石间的缝隙就成为最好的疏导系统，下雨时节，整个村子都不会有泥泞之地。想象一下，光着脚板，踩在湿漉光滑洁净的石板上，细腻的感觉或许可以唤起你对童年的美好回忆。

铺着石板的小巷，纤长幽静，踏着夕阳漫步其间，仿若穿越了千年时空，恍惚间竟然生出不知此地为何地，今夕是何夕的感觉。那些曾洒满欢声笑语的庭院、留下斑驳沧桑的青砖灰瓦、依旧清泠甘甜的古井，无不是记录和传承杨氏宗族生息繁衍的生动载体。不论是从学堂、民居、花园和经典的古建艺术，还是从家风的传承和民俗的延续，都依稀可见古村耕读文化的沉淀，可见古村昔日繁华的影像。我们可以从这些文明的碎片中窥见古村清晰的背影，感悟其中历史的气息。

走出村口，回望古村，被夕阳映照得或明或暗的古屋的影子，就好似又看到了一个古村淡淡的背影，肃穆庄重，平和安详，掩映在长垣矮墙下，渐渐隐入烟岚暮霭之中。

济阳：不变的炊烟
苏诗布

济阳村，处于大田县通往闽南的古道上。九百多年前，济阳的族人内迁到济阳古盆地，就注定了济阳的繁衍与生息。从安徽而江西，而德化一路走来，独特的人脉传承已经根深蒂固，如同留存在村庄里的古老树木，每一根枝丫都藏着历史与传承。近几年，济阳乡政府注重文化传承与发展，从济阳现存的祖厝、古庙宇、古树、古道、古桥、古堡出发，打理了济阳古村落的发展走势。济阳的古厝挂出了新的灯笼，在缓缓的炊烟里悄然弥散，打开济阳文化发展与传承的绿色通道。

又到了祭祖的日子，济阳的炊烟厚了，一朵一朵地在小屋的烟囱间站着，悄然间云聚起

/济阳：不变的炊烟/

来向远山迎去。

响铳队一路地从山口上打了下来，火药的烟雾杂在炊烟当中，如云絮弥散起来。响铳的声响胜过锣鼓的声音，藏着早时狩猎的场景。这是"迎火"必不可少的节目。"迎火"是济阳人流传下来的传统习俗。

传说是古老的留存，在济阳，留存在村里的是意与物的汇集。几乎每一座古厝都留存着故事，留存着祖先的辛劳与拼搏。

莲花寺始建于宋末元初，供奉刘真宗祖师、黄公祖师、三代祖师。清代、民国期间做了修缮。每年的七月十九、十月二十四、十二月初四为三尊祖师诞生之庆，村人们都要请来高甲戏班，祈求风调雨顺、国泰民安。

让一少年坐在事先备好的座阁上，扮演古代戏曲中的人物，手持符箔，在南曲、南乐的伴奏声中迎香敬祖，这是济阳独特的台阁文艺活动。这些活动也早已经融入软软的炊烟之中。

离人们视线最近的是济阳的古街，建于民国年间，是近代以来闽西北、闽中、闽南地区重要的物资集散地。熟悉的说话声、熟悉的吵闹声、熟悉的咳嗽声，就是慢慢被人们遗忘的缝纫机声音，在济阳古街都听起来依然顺耳。

人们生活在传统的古旧日子里。这种日子是不设防的，随同炊烟的升起活跃起来，随同电视的声音睡落下去。

房屋的结构和建材在不断地改变，但传统的思维得留下来。锦云楼似乎就是一种暗示，也许天空的锦云才是大富大贵，在阳光下面，飘到哪儿都是家。始建于清朝末年的锦云楼，如今是一座别样的建筑，子孙们都在马来西亚、美国等地寻求他们的生活，把传统的理念带到海外。他们的祖先出洋了，同时也把海外的理念带回来，当时很是前卫的建筑材料水泥灰土，如今也变得很普通。一应的木楼房，主楼、天井、后楼、回廊都留存着古式的木楼房规矩。观念更新了，但传统不能放弃，他们一直就记住了祖先，记住祖先留存下来的家规祖训。

河山楼的建筑非常有理念，从外部环境看像土堡，但是内部的结构却传承着本地的楼房建构，四合的天井依然，围墙山墙开了三门两窗，呈大水波造型，二楼的护栏大胆创新，显现欧洲罗马建筑风格。

随意地打开一座古厝都能找到雕梁画栋，窗花雕饰。民国期间，闽中多地民房受损严重，济阳能留存下来数量较多的传统古民居，是古镇的福祉。

安康与祥和是百姓们一直的文化传承。村里的凤阳堡见证了风雨岁月。清乾隆七年涂氏祖先似乎看到了生活所面临的危险，按当时的法律报批申建了凤阳堡。济阳的涂氏家族源于安徽的凤阳，他们所居住的地方叫济阳，他们所建设的古堡更为直接，就叫凤阳堡，让他们的子孙都得记住了自己的根，记住了他们的祖先。

凤阳堡从建筑那一天起，似乎早就界定了它独特的意义。凤阳堡从其功能的应用上解读，是独特的，从建筑层面上分析，已经不具备居住的功能。曾经躲过了多少趟的土匪的侵袭，救助了多少的村民，这些都不再重要。几百年过去了,凤阳堡与村里的祖祠一样,传承了独特的乡风民俗。

凤阳堡的建筑呈正方形,置前右二石门,四周围墙,下部为石墙,上段为土墙,建有两层木结构住房,通道四通八达,堡内庭院凿有水井。其下檐廊的屋架均为通柱支撑,给凤阳堡的通风设置了难得的条件。在特定时期,凤阳堡变成了大公社的粮仓,如今依稀还留存着"深挖洞,广积粮"的标语。

跑马道上面还留存着一首诗歌:"独上江楼挽月帘,月光如水水如天。同来玩月人何在?风景依稀是旧年。"我似乎也感受到凤阳堡的月光了,一方的月光框起来,满天的星斗成为特别的格局。

把月光整出来,变成四方的一斗,这是凤阳堡无意间的收藏。在自己的界面里去读山外的云彩与风趣,去享受生活的闲适与浪漫,这就是沉在乡村生活里的美的追求。

与凤阳堡相依的是一片稻田,四方的稻田围着,似乎又是另一层的暗示。每年,水稻成

/济阳：不变的炊烟/

熟了，收割下来的水稻捆成一小捆一小捆，就捆成一只一只的"稻虾子"，形象又富有诱惑力。把三株或五株的水稻杂和着，利用水稻的叶子顺势往稻秆间绕起来，一节一节的，与虾的外壳非常相像。把水稻与虾等同起来，把山与海连接起来，这不应验了山与海之间的贯通吗？穿过济阳，就是永春，再往外就是泉州，山与海其实很近。

一座村庄总是按它们的元素发展而流传着自己的故事，就像那些风水树一样，树已经枯了，却依然那样挺着干枯的树干，任雨水淋浴，直到岁月把它们移除。

与风水树相依的是紫云桥。在闽中村落，桥的建筑缘于交通。紫云桥始建年代距今五百四十多年，上部为木瓦结构廊桥亭阁，桥内石龟抵入，逆水而上。紫云桥原为济阳水口桥，清乾隆二年重修时，彩虹飞渡，显现祥和大局，所以改名为"紫云桥"，显示了村民心中美好的期盼。几百年过去了，河水依旧，依山势跳跃的瀑布在阳光中不时地幻化，幻化成彩虹跨越天空。

济阳的古道原直通永春、德化，是大田与沿海连接的必经路道，如今也只是留存在人们的记忆里，随同长高的芦苇丛沉到远山里。连接每一座村庄的是宽畅的水泥道路，行走有时就像散步，但是劳动却是无法改变。随同季节变换只是稻田的颜色，与稻田相依的田埂一道一道地架构出方方格格，种植着济阳人们的勤劳与奋斗，春种秋收藏着不变的伦理。

一壁的黄色如同地毯平铺而去，突兀而上的农家房屋、零零散散的古树、收割水稻的人们、奔跑其间的放了学的孩子们，这不仅仅是一些场景了，它们藏着劳动背后的快乐。

夕阳透过远山时，墩仔寨像一位老人蹲在那里，影子被拉得长长的，一路从济阳老街往外拉伸，一直覆盖到黄色的稻浪上面。一层浅白色的烟雾悄然升起来，刚开始是浅浅的几缕，而后慢慢地杂糅在一起，那层白色的烟雾缓缓地厚了起来，隐隐约约之间，夕阳淡了，黄色的主色调悄然褪去。其间，有几声淡淡的呼唤孩子们的叫声传出来。

　　这是济阳的炊烟,一直就没有改变过。它一直弥散在济阳的上空,偶尔抬头看见的总是满目阳光。

白塘秋月
朱谷忠

故乡涵江,是著名的水乡古镇,宋代开始就是繁华之地,至今,域内仍留下诸多文物古迹和天然景观。其中,最令我心仪和感到自豪的,便是清代拟定的"莆阳二十四景"之一的"白塘秋月"。

记不清多少次了,因工作需要,引领国内和外国作家团来白塘参观,并自告奋勇充当"导游",向来访的中外作家们介绍过白塘湖。也许是对它感情太过浓烈了,以至每次我都显得非常激动,有位省外作家事后曾这样评论过我:"只见朱谷忠现出少见的奕奕神采,左手夹着一支香烟,右手在空中比画。他用讲得实在不普通的普通话介绍白塘湖,让人听得半明半白,

/ 白塘秋月 /

而他仍滔滔不绝,如诉家常,哈哈……"记得,有一次著名散文家、前辈老乡郭风在身边,他听了我的介绍,感到满意,慈祥地对我说:"你这么熟悉白塘湖,应好好为之写点文字。"而我生怕笔力不逮,竟然一拖至今。现作此文,也算是对先生的一种念想吧。

白塘水域古时为冲积平原,后形成海涝地。唐代,北方百姓因战乱南迁,僻居莆田,海涝地被逐渐开垦为农田,又引木兰溪、泗华溪诸水汇聚于此,逐渐化咸为淡,于是蓄水成湖,既收灌溉之利,又可临岸观景。宋时,水域被称为"注月池",谓之专门收聚月色的湖泊,名字起得真好。但当地百姓却俗称其为"白水塘""白水沟",简称"白塘"。后代逐渐拓宽湖面,又引五盘水、五公河之水,最终改称为"白塘湖"。从此,白塘湖沟渠纵横,一年四季水绿波平,可灌溉四周三千八百亩农田(俗称"三八片")及附近六七千亩田畴,使这里几千亩盐碱地变成兴化湾南北洋一大片膏腴的平原。白塘湖不单尽灌溉之能,还收交通、养殖、游览之利。早在宋代，居住在湖畔洋尾东墩的名士李富，以及居住在西墩的李富第三个儿子，就在塘中和岸畔陆续兴建桥亭楼榭，种植奇花异草，使白塘成为一处人人向往的水上公园。每年中秋之夜，湖上皆有传统赏月盛会，"中秋游白塘"成了莆田民间的一个重大节日，"白塘秋月"也成了莆田古"二十四景"之首。

此风俗延续至今，每年中秋，沿塘各村都张灯结彩，到处有车鼓、演戏，还有当地的十音八乐，使天地都充满祥和、欢乐的气氛。夜幕降临，华灯初上，游湖的人从四面八方摩肩而止、接踵而来。但见岸上人山人海，湖中舟船如织，无论岸畔还是水中，无不鼓乐喧天、笙歌动地，特别是水中彩船，往来穿梭，闪金烁银，笑语纷飞，红男绿女，如痴如醉。闹到子夜之后，游人这才渐渐散去。此时，月轮也从东天转至中天，但见风清波平、天高气凉，皎洁的银辉泻满明镜般的湖面，水中月明星稀，四周轻纱散尽，远处的壶公山、九华山、囊山奇迹般倒映水中，与水中圆月如影随形，看去

|白塘秋月|

湖中有山，山中有月，月沉水清，极是奇特。有人喻此为水中广寒清宫、蓬莱仙景，似真似幻，又看得人疑梦疑醒、飘飘欲仙。不过，白塘湖公认的最佳赏月地点，是在湖中的一座浮屿小岛。午夜过尽，置身浮屿，头顶青天明月，环顾玉鉴琼田，低头望湖，湖中山水，月色溶溶，一幅"众山拱月"的奇观，令人目不转睛，啧赞不已。

浮屿上还有一座通岸石桥，名"宫后桥"，建于宋景定四年，又名"塔桥"，因桥头建有经幡而得名。浮屿宫也是南宋初年李富创建的，清乾隆四十六年重建。在白塘湖畔的洋尾村，至今还留有宋、明、清三代文物古迹，主要有李富祠堂和白塘古官道上的宋代金第坊、明代白塘科第坊、杨府荣归坊三座牌坊遗址。这些文物古迹，与景区内历代文人墨客吟咏的白塘秋月胜景的诗词歌赋交相辉映，引人注目。如清代林舟津的《白塘秋月》诗："白塘秋水远连天，沙岸鸥凫掠钓船。万顷琉璃波荡漾，一轮水镜月婵娟。荻花萧瑟银鲈美，桂子芬芳玉兔悬。胜景莆阳应不负，扁舟赤壁拟坡仙。"而配有诗情画意联句的"秋月亭""映月亭""揽月亭"，虽系后人匠心营建，却也个个古香古色，为白塘添色不少。

说到白塘湖的洋尾村，这里还得交代几句。

洋尾村地势平坦，村落环白塘东、南、北三面而建，有六个自然村，其中以李角自然村为中心，南接东墩，北挨后头，南连西林、塘边，西望西墩。各自然村有聚有分，连接白塘，点缀有小桥、流水、人家的江南水乡风情。此村是抗金英雄李富和香港首富李嘉诚的祖籍地。

作为一个涵江人，自然有过数次"中秋游白塘"的经历，我内心一直认为，即便半生在外闯荡，到头来，仍会发现自己其实一直未能走出白塘那一脉温柔的水域，走出那一片碧绿的梦乡。原因就在于，白塘的水，从儿时起就在我身上渗着不尽的诗意，使我至今也未能拧干。因此，只要有机会回到故里，我都会抽空去白塘走走。我知道，只要到了那里，整个身心就会顿然放松了许多，在城市生活所感觉的那些压力憋闷，也会全被抛到九霄云外。

不知为何，白塘湖总能让我变得柔和。

记得，去年6月返乡，有天晚上，我独自来到了白塘。出门时，抬头一看，暗蓝的天幕上刚好挂着一轮圆月，恍若一个没有封严的酒坛口，正汩汩流淌着不尽的清幽，入夜以来就全然潜形的远山，此时又醉态般显出浓黛盈盈的轮廓，既潇洒多姿，又缥缈空灵。举目望去，眼前的白塘，田畴茫茫，水系淡淡，沟渠如舒展的飘带，横陈逶迤在一派氤氲迷蒙之中。而那些在白塘湖面流动的水波，白天看去滑腻如脂，但一经月色浸染，已变得白白酽酽的，酷似浓极醇极的春醪，既撩人心动，又惹人微醉。此时，鸟儿们早已收起翅膀憩息了，温馨的夜气中，沉淀着6月特有的一种幽静。走在湖畔林中，甚至连心跳的声音似也清晰可辨。但这种幽静又不同于大山深处的静谧，它似乎是平野阔地在喧腾欢闹的白昼过去之后，到了夜间必然要袒露出的一种本性：奇妙、神异、柔和、深邃。夜游的人不多，三三两两，似总往湖边苇草浓密的地方走去，这使我记起小时候也常在月夜里去湖边玩耍，那时候总能听得见草丛有鱼跃的声音，"啪啦"一声，就坠水澌灭；或听见苇草丛水鸟嗖地飞起，又蛰入近岸树篱，嗤然一阵，又归于阒寂。后来我才知道，这一切正是那种所谓有声音的幽静之境。因为，当这些声音过去之后，就会赫然发现，幽静又更增添了几分。

那天晚上，我正是怀着这种少小的记忆在白塘湖畔的月光里走着。诱人的月光，美妙的幽境，正诱我一步步迈向自己童年时就熟悉的一处窄滩。随着每一口清新气息的吸入，我觉得，我的忆念和思绪，仿佛已逸出身心，正和白塘四周的月下景物互相绸缪着。至此，心中的闲愁俗念、凡庸琐细，全都被荡涤净尽了。

我不由想到，只在白天到白塘的游人，与白塘的夜景失之交臂是多么可惜呢！因为白塘这情景叠合交织的夜晚，是远胜于芊芥毕现的白天。单是这6月夜晚极富底蕴的一层幽境，就会给人多少神思的喷涌、渊深的识力啊。也许，只有得遇这种幽静，人才能得以窥视到自然的内在和谐与深心用意，因此，或止或行，人都会感到是那样的无所不宜。

记得那晚，我就站在湖边一处柳树旁，接纳着不知什么时候已悄悄袭来的一丝晚风，心无二志地观看白塘月下的景致。这是一片在白天看去几乎透明的湖面，清澈的水质，眼下却被银色的月华渐渐浸润成一派幽邃浓碧。湖边长满了蒲草，草丛中仍有小虫的鸣叫。有些迷蒙的湖岸，布满蜿蜒排开的树林，它们大都傍水而居，布满的繁枝密叶，仍挡不住月光从枝叶隙缝中流泻下来，晶莹的光斑洒了满地，又随着细细的夜风轻拂而荡漾着。这种情景，又一下鲜活了我少年时的生活片段。于是我把双手并拢在嘴边，朝着湖边向对岸"欧"地叫了几声，几秒过去，对岸果然传递过来了几声回声。悠然咽鸣中，发现有一只松鼠模样的东西，从我眼前一窜而过，便消逝得无影无踪了。

月光在头顶流淌着，温煦、恬淡，含着几分妖媚。我沉静一下内心，顷刻就感受到月光中似蕴含着一缕缕摄人心魄的细细柔情。我不禁想到,此时要是有个好友站在身旁,同我一起观赏这白塘的夜色,可以一往情深地品味古今,可以口无遮拦地笑谈江湖,将是多么难得又美妙。在那样的时刻,一切都会是一种对白塘全新的体验。因为我相信,谁走进这样的场景,都会像品饮陈年老酒那样,为之陶醉,不能自持;谁都会忘了沧桑,为一种不需奢华的简单纯净的友情去诠释人生月下的痴梦与童话。

于是,我不由自主又恣情任性地凝望湖中的月亮。我看见,水中的月亮像一个在绛英中移动脚步的女神。她白皙又丰盈,灵动又欢愉。那圣洁的光,竟然汩汩地漫出湖面,银鳞烁烁,像梦,也像音乐,似乎只有和她对视的人,才能感受到那幽幽光芒中有一种无边无沿的生动。只是,这样的梦和音乐在湖面散漫开去,又会化成一种蒙蒙的银白色,以一种深厚的情意、一种温柔的情愫,去编织山川河流、田园村庄和百草万物。在这样的一个世界里,轻柔的月光,常常能唤起生命历程中的一段回声。

薄雾慢慢地出现了,优雅的月光,将白塘湖染成一匹匹轻纱,在林间缥缈着。远处,隐隐传来睽违已久的声籁,于是我慢步返回。

一边走,一边想到了几句诗:"白塘/白塘/据说你凝滑无骨的水/只为等待/心中有梦的人的到来/但到底是谁/谁能在波平水碧之中/承载你的完美……/我突然想起/湖那边的梅妃/一个清秀绝尘的牧鸭女/据说/她美丽了一页的唐代/难道你不正是她纯正的眼睛/当年流出的那颗热泪……"

都说写诗的人是浪漫的,但居于白塘湖并规划与保护白塘湖的人,比浪漫更胜三分:此次返乡采风,我了解并亲眼看到,他们为了让白塘湖景区别具一格,也为了让游人在四季中都向往白塘湖的美,这些年来,不但开辟了具有水乡特色的白塘湖树木园林景观,还布置了不同的观赏区,让游人除了游湖外,还能在春夏秋冬都有花观赏。你看:晚冬、早春,三千株梅花迎寒怒放;春季到来,二十亩桃花尽情盛开;随之,紫荆、刺桐、杜鹃、木棉、胭脂树也争相姹紫嫣红;夏季,蓝花楹、火焰木、紫薇交相辉映;秋季,四季桂、玉兰、丹桂、非洲茉莉等五千多株香化树木芳香沁人。而黄叶榕、花叶榕、红叶美人梅、红叶碧桃、红叶李等不同颜色的树叶,更使景区色彩丰富、生动绚丽。如今的白塘湖四周,不仅拥有水杉、红豆杉、倒着长枝的高竿垂梅等高贵树种,还拥有亚热带特有的春季落叶树种,如大叶榕、小叶榄仁等独特树木。这些无不令游客们眼花缭乱,流连忘返。

美哉,白塘湖!

走近前连古民居

何清平

仙游县盖尾镇前连村的古民居建筑集雕刻、书法、文学等艺术于一体，绵延着一幅宗族生息繁衍的历史长卷。步入前连古民居，像细细品味一本书，风云万里，烟尘渺渺，千古风流一卷难掩。恍惚间，似见朱雀桥边，乌衣巷口。抬头远眺，古民居依旧明丽不染尘埃，燕子穿梭，旁若无人，心底涌起一股穿越时空的沧桑之感。在钢混结构的现代建筑日益鲸吞蚕食下，前连古民居如鹤立鸡群，显得格外刺眼。红砖、红瓦、双坡面、悬山顶、燕尾脊桀骜不驯，似在诉说着一段段厚重的历史。

前连保留着一个全国罕见的"丁"字形古民居群。整个建筑群布局严谨、主次分明、开合有序、互为呼应，房屋高低起伏、别致错落、有藏有露，富有空间秩序感和音乐的节奏感。那风姿各异的明清建筑如一幅浓淡相宜的民俗风情画，赏心悦目。

从南宋至清道光年间，前连逐渐形成"丁"字形大型古民居群。当初在建民居时，通风、采风、排水、卫生，连同子孙的发展都纳入规划之中。所有民居连成一片，阿头祖厝、阿头大厝、旧厝、田厝、田厝头、尾厝、旧厝头、中厝、旗杆厝、仙公厝、下张厝、阿六亭厝、阿五亭厝、下过溪厝等十九座古民居毗邻而建，有意识地排列成"丁"字格局，期盼人丁兴旺、子孙发达。每座大屋前宽敞的大埕成了连氏族人平常生活劳作和进行节日祭祀活动的公共场所，这种开放式布局透露出族人宽阔的胸襟和曾经的辉煌。

前连居民为连姓家族，其古民居群规模宏大，造型独特，穿斗式梁架，悬山式屋顶，刨面磨光花岗石外墙坚实牢固。在其建筑风格和营造技巧的背后，蕴藏着人与自然、与社会相互适应的传统文化理念，体现出个人、家族，乃至时代的轨迹。令人羡慕的是，这里的村规民约都与连氏家族的祖训族规有关，从而才能保证从第一座阿头祖厝开始，至清末顶过溪厝落成，前后几百年间大家所形成的建筑共识，有了一条全族人共同遵守的法则，时至今日，其中心区域没建一幢新房，使古民居群的整体格局得到完整的保护。

这十九座古民居坐北朝南偏西，面宽有五间、七间、九间、十一间，最多达到十九间，进深都是三进，而且都有左右护厝。其巧妙设计就在既利用墙壁隔绝将庭院分开，又通过内过道把庭院相连，各庭院既分又合，可谓匠心独运。

最早的阿头祖厝、田厝等六座建在"丁"字形横笔画上，尚存明代建筑风貌。紧接着旗杆厝、旧厝、中厝、阿毛厝、仙公厝、下张厝、阿五亭、阿六亭等八座，均建造在"丁"字形的竖笔画上。最晚建的下过溪厝、顶过溪厝等建造在"丁"字形的钩笔画上。

顶过溪厝是最大的一座古民居，大厝里的大小天井有十一个，规模巨大，构造雅观。人们生活其中，宁静安详，其乐融融。

据载连氏明代由连治丞率子孙从连坂移居前连，至清乾隆年间，其裔连春候传四子，四子共生二十四孙，后又增添九十九曾孙，如今这个家族内外人口已近万人。"大户侯"匾额拂去历史的尘埃熠熠生辉，可谓枝繁叶茂。

十九座不同年代的古建筑，主体歇山顶，木结构，不用一钉一铁，全由榫卯镶嵌而成，斗拱翘角，装饰华丽，工艺精湛，雕刻精美，神态逼真，用料考究，做工细腻，数量繁多，保留完整，蔚为大观。古民居房顶结构多作横向组合，形成屋顶按厢逐级迭落，由于迭落较小，下层瓦与顶几乎紧换上层悬山出檐的檩条，屋顶这种小迭落处理使建筑外观大为增色。正面屋顶的两端以歇山顶收头，又与护厝的歇山顶相交叉，形成正立面端部两个向前的山花，使立面造型更生动。与五段瓦顶相应的五段屋脊也随着屋面在端部翘起，在脊的端头不做"燕尾"，而是将垂脊自然向上延伸，形成倒楔形的收头，民间称之为"文脊"。

古民居所有大门皆书"上党家声大，凤阿世泽长"的对联，所有的大门坦两旁均用雕刻有人物花鸟图案的青石板砌筑，显得坚固端庄、古朴大方。镶嵌的雕塑种类数量繁多，规模宏大，图案古朴，技艺精湛，立体感强，具有较高的时代艺术价值。按材料分，有石雕、木雕、砖雕；按造型分，有浮雕、阴雕、线雕、透雕；按内容分，有山水雕、人物雕、花鸟雕、鱼虫雕、禽兽雕、楼阁雕。

石雕构图疏密有致，线条细腻流畅，人物胡须衣袂恍若欲飘，枝上喜鹊栩栩如生，展现了高超的雕刻技巧。如连文芳大厝门口石雕"三元会""太白醉酒"便是典型。走进其间，历史的厚重感充盈在空气中。石雕所用的石料都是手工精心敲打出来的，石料上的细缝连针都插不进，使人不得不佩服古人雕刻技艺之精湛。

每座门楼无一例外地饰以精美的砖雕，体现豪华和富贵。砖雕以浮雕为主，也有镂空雕。

内容多取自历史人物、神话传说、民间吉祥、风物花卉等。如连文芳大厝精美的砖雕"猴子捅马蜂窝",图案讲究,精雕细刻,造型逼真,环境描绘贴切自然,寓意深刻,气韵灵活,展现了丰富的文化韵味,表达了古代劳动人民美好的愿望。各厝门前外墙中部还镶着用红砖雕刻的各种人物、花鸟图案,装饰题材丰富,形象逼真,富有生活气息,手法以浮雕和透雕相结合,层次分明,构图得体。

木雕部分精彩纷呈,有挑梁、吊顶、栏杆、窗棂、柱础等,尤以窗棂为最。窗户以透花格式为主,是四扇、六扇、八扇为一樘的格扇窗。窗棂最大限度地加以艺术化。木雕图案多以群众喜闻乐见的动植物、人物、祥云为题材,表现了古代劳动人民勤劳、向善、忠孝等传统美德。雕刻工艺穿插有圆雕、浮雕、镂雕、平面阴线刻、剔底起突等。题材丰富多彩,人物神像、传说故事、动物瑞兽、花鸟虫草、琴棋书画、古树名木、亭台楼阁皆入画卷。大厝的所有窗户、门户均用木雕古钱圈、菱形等几何图案装饰。隔扇门上还以深浅浮雕技法刻有"福禄寿喜""福运双全""福运长青""梅兰竹菊""连升三级"等装饰图案。有的隔窗门融合各种雕法在一个画面上，层次丰富，立体感强，玲珑剔透，令人叹为观止。从整体到局部，其装饰构思都很得体，造型儒雅大方、庄重严谨，画面简洁有力、充盈饱满，呈现给人们的是有建筑必有书画，有书画必有寓意，有寓意必有吉祥，恰似一部人们修身立世的教科书。进入前连古民居就像进入一座艺术殿堂，使人心旷神怡，流连忘返。

古民居布局错落有致，巷道曲径通幽，结构精巧的闺楼、书阁、别业、花园、厢房引人入胜。每座大厝厅堂两侧有宽阔的通道、回廊和连幢的厢房，都是单层歇山顶的土木结构，用材粗大，桁、椽、横梁都很气派。外院用红砖铺筑一个宽阔的大埕，以纳天地水和左右长生水进堂。为了采光、集雨、通风，每座民居都设置了四方天井，天井下一般都摆设长条石花架，供户主养花、赏花。一重天井一重厅，体现了中国古代天人合一的哲学思想。

每一座大屋都布有暗沟，用来排泄家家户户的天井雨水、生活污水。天井将民居屋面流下的雨水汇聚一处，顺沟而出，流入石砌水池，满足"四水归堂，财源攘滚而来"的聚财心理。排水路径讲究宜暗藏，不宜显露；宜弯曲而去，不宜直泻而出，乃因"水为气之母，逆则聚而不散；水又属财，曲则留而不去也"。一厅一照屋，烈日下犹如三秋。天井宽敞明亮，静立在天井的中央，仰望那一方规规矩矩的天空，屏声静气，方可体会中国传统文化"天地人"思想的精髓。在每座大厝前都挖井，保证子孙饮水，在古代井是家乡的象征，故有"背井离乡"之说，古井正是历史的重要见证之一。神奇的"四孔井"，数百年不竭，如今是当地的地标。

经过历史的沉淀，每一个建筑艺术符号都有自己的人文精神的寄托。古民居如一坛密封的老酒，在时间里酝酿。当你的足音叩响那深幽的古巷，那古色古香的老房子让你沉浸在古典淡雅的美感中，远离了喧嚣与烦恼，思绪也随之飘进了遥远的历史记忆深处。

大厝里建书堂,供子孙读书。书斋周围配有池塘、花圃等,增添了几分书香韵味和几分优雅。书堂里,至今还有香供孔子。书堂的设计装饰十分考究,或古朴简约,或含蓄沉稳,或素雅高洁,体现族人耕读传家的心理世界。可见当时连氏家族对文化的重视。八百多年历史流淌,人文积淀丰厚。这里曾走出南宋右丞相、镇南大将军连沿公,文韬武略名扬朝野。科场折桂,坚旗立匾的文亚魁、武首魁,则有连上进、连上拔兄弟。登进士第的榜昭连元灿,学贯古今,能诗善赋。担任一方教谕的连谦、连文显、连原清等人,一生桃李满天下。

在古民居竖笔画的大厝群中,有较其他各座更有气魄的大厝。这座大厝面宽三进,左边有仓库、书堂、护厝,右边为两层三间护厝楼,称为"听涛楼",俗称"公子楼",历风雨仍显威仪。听涛楼大门刻有楹联"草庐敢谓同龙卧,别墅依然附凤阿"。

登上听涛楼,但见周围设曲杞形栏杆排

座椅，楼上左右墙壁有清代名人书写的"龙飞凤舞"四个大行书，斗拱、雀替、垂莲及二梁灯架均精雕细刻、贴金彩绘。据说，原来楼后面有棵大榕树，风一吹，树叶发出"沙沙"声响，犹如惊涛拍岸，因此把这楼命名为"听涛楼"。除格局、造型、结构独特外，其在装饰上也具有丰富的文化内涵。古香古色的窗户，带给后人的是时光的留痕，是穿越百年历史的华美与沧桑。徜徉其间，如同步入一条绵长的文化隧道，聆听风吹树叶的声音，仿佛听见童子琅琅的书声，四面八方一股股儒雅清风扑面而来……欣赏美丽的山水画卷，感怀掩藏在画卷下的文化，如同阅读历史。

在前连古民居大厝中，有一座大厝门前大埕左右各保存着一对旗杆夹。这座大厝因同治年间大厝主人连上进中第五名举人，官府赐了一块"亚魁"匾，在大门前竖旗杆夹，后来这大厝也叫"旗杆厝"，而这块"亚魁"匾至今还完好地悬挂在大门坦上。旗杆厝，代表了前连人的骄傲和荣誉。穷则独善其身，达则兼济天下。

这一儒家思想植根于封建士子脑海中,他们通达时则荣华显赫,建碑立坊,光宗耀祖;失宠时则隐居山林,修楼筑阁,蛰伏庭院。

连氏大宗祠始建于南宋末年,明代重修,现存为明代建筑。

殿堂绘有连氏祖宗彩色肖像壁画,上厅有楹联"骑紫马直上天台于今勋名显著,平辽金而安宋室至此功史犹香"以追溯连氏先祖丞相公连治的历史功勋。门前楹联"春秋祭祀彰先德,科甲联芳起后贤""百代箕裘承祖德,千秋燕翼衍贻谋",记述后裔祭祀盛典,显示族亲光前裕后之荣。

前连的大宗祠是连姓宗族的圣殿,是连家陈列供奉祖先神主牌位的神圣之地。祠堂简洁端庄,线条流畅而匀称,朴素静谧,突出后人怀念先人虔诚的心灵归属。中国国民党荣誉主席连战曾经还为这座祠堂题词。

每逢正月初十,前连全族人开始闹元宵。当日上午,神灵在族人的簇拥下,由辈分最高的族老捧香炉引领,开始为期三天绕境巡安赐福活动，在这期间各房分别在自家厅堂（共有三十一个厅堂）设宴桌举香迎神。菩萨驻跸，族人早已把古厝修葺一新，演戏、放焰火迎接神灵驻驾过夜。晚上，族人聚在一起齐拜天地，共祀祖宗，祈祝平安。

一片山水孕育一种文化，一方水土滋养一批生灵。前连古民居是一幅寂静的山水田园画，仙游的民间工艺和乡土文化在这幅画里得到充分发挥。每一座大屋都写着一段辉煌的历史、装满一屋动人的故事。徜徉在其中的大院和小巷，仿佛穿越了历史的时空。古民居的古老、拙朴、凝重、苍劲，坦然承载着历史的渊薮与岁月的风尘，固守着一份远离尘嚣的宁静。

港里谒娘妈

郑国贤

热爱故乡是人类的天性之一。走南闯北的忠门人当然热爱故乡,即使故乡留给他饥饿、贫穷、屈辱和压迫的记忆……

这是一片神奇的土地。三十多年前,这样说还心里没底,还可能惴惴不安,但如今,成千上万的忠门人用自己在中国大地上扮演的亮丽角色诠释了这句话,用实力抒写了时代风流的乐章。

走在莆田城的大街上,经常有人把我称为忠门人,我也不急于否认。我确实曾是忠门的一员,时间虽短(仅三年),但那是改革开放大潮初起、风和日丽的年代,也是我青春的大好年华。这片土地和土地上的人给了我认识现实、判断人生的智慧。我像他们一样，满怀对这片土地的感恩之情。既感恩这片土地，也感恩这片土地上千年盛开的信仰之花——妈祖。

深秋时节，是闽中南沿海气候最宜人之时，凉风徐徐，吹净了春夏季节的潮湿和闷热，我来到了久违的港里村。

过去港里村是忠门镇的一个村。这些年区划变动频繁，现在它隶属于湄洲湾北岸经济开发区山亭乡。

港里就是古贤良港，又名"黄螺港"，位于湄洲湾北岸莆禧半岛南端。文甲村和山柄村在其东西突兀形成一澳口，以湄洲岛为天然屏障，贤良港宋代以前即为海上交通贸易船舶的停泊港，当然也是远近闻名的渔港，村里百姓世代耕海牧渔为生……

我在村口下了车，但见山坡如象形横亘海边，与明弘治年间成书的《兴化府志》所记载的一样。妈祖林默娘于宋建隆元年农历三月二十三日午时诞生在这里。

如今，全球两亿的信众都称林默娘为妈祖，

唯独在她的故乡,在林氏宗亲中,男女老少都称她为"娘妈"。"娘妈"之称,在莆仙方言中,比妈祖更亲切,除了含有对上辈女性的尊敬,更有漂亮之意。

童年我在姥姥家做客。我舅家虽不姓林,但村里林氏是大族。元宵节抬娘妈巡村游行是一年中最盛大的节目,那全村男女老幼欢庆的场景深深地镌刻在我幼小的心田……长大之后,我成了林家姑爷,如今,我儿子也是,因而,对娘妈的美好感情就如眼前徐徐秋风绵延至永远……

我们来到了灵慈东宫,看到东宫门边保存完好的宋代瓜楞形柱础。主人老林告诉我们,许多专家学者曾来此考察宋代建筑的特点,这是很有文物价值的古代石柱础。岁月悠悠,它叙说着时间顽强的记忆。

我们又从村民新居中穿过,来到灵慈西宫。在灵慈东西宫前,就是尚存的贤良港古码头。1974年文甲忠湄轮渡建成前的一千多年时间里,这里一向是陆地通湄洲岛的渡口。站立在千年渡口的石板上，海风微带凉意，海上轻风细浪，涌浪轻吻着金黄色的沙滩，浪花轻扬，发出喃喃细语……对面一岛秀丽如黛，就是人们熟知的湄洲岛了。

传说，妈祖一生奋不顾身救人急难的壮举，主要几次都发生在从这里到湄洲岛的海面上。我们仿佛又见到林默娘在狂风暴雨、惊涛骇浪中，稳住她父亲的渔船；又与母亲和嫂嫂出海，在茫茫海面上寻找哥哥，把哥哥载回了澳口……

从灵慈西宫出来，我们经过附近的宋代古井。井已干枯，井圈口上的砌石刻有八卦。登上山顶，一方形的垒石航标塔扑入眼帘，塔身镌刻着的朴拙的佛像也依稀可辨。我们寻找到一处石刻，"拱极"两大字赫然在目，可惜边上的小字经长年风化，已不可辨，无法获识此字为何人书写、何人镌刻。

时近中午，太阳从云缝中露出明媚的笑脸，放射出万道金光，我们来到了天后祖祠。祖祠初建于宋代，明永乐十九年祠坏，地方官奏闻，朝廷钦命太监到港里整修致祭。清顺治十八年，莆田沿海奉命截界清野，祖祠供奉的妈祖祖宗的神主牌、妈祖像及港里村民均内迁涵江。清康熙二十年复界，祠已尽毁，回到港里的村民发起重建，并从涵江迎回神主牌和妈祖像。三年之后，康熙帝敕封妈祖为天后。清乾隆五十三年，奉旨"春秋谕祭"。我们参观了祖祠内的妈祖像，这是宋代雕刻的木质神像，古朴中更显神采。据《敕封天后志》记载："世传祠内宝像，系异人塑，各处供奉之像，皆不能及。"我们也仔细揣摩了祠内的清代"春秋谕祭"牌和《历代褒封徽号》碑刻以及清乾隆五十一年《重建天后祠记》碑刻。"春秋谕祭"木牌保存尚好，镌刻虽有几处剥蚀，但所存篆书眉题和楷书碑文依然清晰。1984年按原本格式重建祖祠，经多年岁月的熏染，也已有了沧桑古朴的韵味。

午饭前，老林特地领我参观口口相传的林默娘"窥井得符"的古井。井边一块石头上有"咸淳八年石匠游进刻石"字样。老林说，这井里的水又清又甜,尽管村里早已通了自来水,但村人还是喜欢饮用它。我俯下身子对着井口望下去,井里映出我清晰的身影。站在井边往南望去,这里距海滩不足五十米,井水却无半点咸味,遂感叹造化的神奇。

而后我们又沿着巷道去寻找相传的妈祖故居,村里到处都是村民近年来新盖的华厦,只有几块古旧的大石块尚存其间,标示着林氏后代对妈祖的敬畏之心。我想,妈祖作为一种精神遗产,需要的不是更多的物质载体,而是一种文化素质。

走过现代小洋楼,我们回到村前的古码头上,但见码头左侧的浅水中有三尊礁石,村中父老称为"三炷香",一千多年来,潮涨潮退,它是渔船返港的航标。相传,宋雍熙四年秋农历九月初九,林默娘从这里渡海,直登对面湄洲岛的湄峰,在那里羽化了。

余晖映照着伟岸的妈祖阁,天色微黄,没有通常人们描述的殷红的晚霞,尤其是鱼鳞状的红霞……那是小孩子不懂气候规律,那样的天色意味着明天要下雨,而这天色意味着明天是个好天气……离开祖祠,老林说已把祠后的洞山改名为"祖祠山"。我不置可否,为什么要变来变去呢?把山名改了,娘妈回家问路,村里的儿童都讲不清楚了。

而山上伫立的少女林默石雕像,正是我心中的渔家女形象。

璧洲的风景
国　歌

记不起有多少次来到这里,记不清有多少次这样默默地欣赏她、端详她、凝视她,透过时光的隧道解读她,倾听她的声音……

此刻,我又一次来到她的身边,拥入她的怀抱。脚踩着通道上圆润的卵石,我自信而悠闲。来自福州、厦门与当地的文友们正热烈地讨论着什么,解说着什么。

"这就是历经几百年风雨侵蚀而傲然挺立的永隆桥,位于连城县莒溪镇璧洲村尾北侧的璧水河上,她比连城县另外一处古屋桥——罗坊的云龙桥要早修两百多年。据福建通志记载,永隆桥系明洪武十年所建。该桥南北走向,四孔等跨,桥墩用花岗岩条石砌成,桥身用圆枕木呈倒梯形分七层纵横叠铺。桥面用鹅卵石砌铺，桥上覆盖瓦屋面，桥屋两侧各有二十开间和双层木板档风雨披。为保护桥墩不被洪水冲损，古代的建设者们还在桥下游约三十米处筑砌起坚固的石坡拦河坝……"出生在连城，现供职于省艺术研究院的作家傅翔娓娓道来。

"傅老师说得精彩、到位。原福建省委书记、我们连城人项南，20世纪90年代到过母校璧洲小学，在游览永隆桥时还亲赐墨宝'永隆桥'，现悬挂于桥头和桥尾的横匾为其所书。"陪同的县文化局的同志接着说道。"我来过好多次了，经常陪省市领导及专家学者来这里游览考察，每次来都有新的体会和新的感悟。"闽西文坛前辈、闽西作协主席张惟先生感叹道……

听着他们热烈激动的声音，默默地望着桥外夏日炙热的阳光，凝视着桥下那一泓涓涓的碧水，我顿时思绪如风：时光就是这样，温柔地、随意地、不经意地带走世间的一切，不论贫瘠与困苦，不论富贵与繁华，不管痛苦或快乐。我眼前出现这样一幅画面：南宋时期，一群从中原逃难奔波而至的客家先民，他们拖妻带口，身背简陋的包袱，手捧祖先灵位，面对追兵和匪寇的侵袭，穷于奔命，个个衣衫褴褛、神容困倦。璧洲村的青山绿水和一马平川的秀丽风景，让先民们眼前一亮，为首的族长以睿智的眼光为这一血脉找到了生命的延续。

清康熙二十一年，该村的十位秀才或童生，在科举场中失意后，成立了"文昌社"，供奉传说中主宰功名的"文昌帝君"，期望一举成名、出人头地。为使村子以后人才辈出，他们每人各捐银圆百两，经过十年的认真筹划和准备，于康熙三十一年兴建文昌阁，到清雍正初年完成。文昌阁与永隆桥相距约五十米，与永隆桥相互映衬、合为一体。

文昌阁虽经三百多年的历史沧桑，但几经修葺后，面貌一新，近年来慕名前来游览参观者络绎不绝。登上高层眺望，整个璧洲的屋宇房舍、街道田园、水光山色，真是美不胜收。

清乾隆末年，为祀奉天后林默娘，永保村民平安，璧洲村民还自发在永隆桥与文昌阁中间修建了"天后宫",亦即妈祖庙。永隆桥集桥、阁、庙三位一体,功能各异,构思奇巧,造型精致,各具特色,已经成为一道靓丽的人文风物景观。

对于璧洲村的过去,我只是从村里的贤长和县志那里略知一二,我看到的是村子现在的模样与村民们因生活安逸而脸上浮现出惬意自在的面容。村子隐藏在梅花山里已算不小,村落中房屋接踵、错落有致,青砖黑瓦中夹杂着白墙瓷砖,木屋与楼房、庙宇、桥阁相亲相依,辉映成景。一条水泥街道穿村蜿蜒而过,偶有顽童与老人悠现街道,或嬉戏,或闲聊,怡然自得。又看见几只河田鸡、白鹜鸭在房前屋后的空地或菜地上,或觅食,或打斗,情趣盎然。一头黄狗休闲地散着步,看见我们一群人走来,只是象征性地颇有礼貌地抬头望了我们一眼,便像自家人一样的自顾走开了。这就是璧洲的风景了。这就是我渴求的生活了。

琴声中流淌的祖国
张　宇

鼓浪屿，我倾慕她许久。二十年前的某一天我告别中原大地，经闽南的天空进入她碧波万顷的腹地，那些点点渔火把黛青色的海岸映照得无比辉煌。我融入海风与船影之中，感觉到她恬静的呼吸和温馨的心跳。海风吹来，海浪涌起，我仿佛置身于一个诗情画意的仙境，开始我以为我会对这片海角天涯感到陌生。正忐忑中，似有钢琴声在鼓浪屿的星空中深情响起，如泣如诉，述说着一个关于人生、历史、故土、家园、命运、情感的故事。这让我瞬间彻悟——苍穹之下，点点繁花都弥漫着共同的乡愁和血脉，无论你身处金陵还是汴州。

出生于鼓浪屿的著名钢琴家殷承宗对于我

曾经是十分遥远的。当他在世界乐坛最高水平的比赛中频频崭露头角，先后荣获维也纳第七届世界联欢节钢琴比赛金奖和第二届柴可夫斯基钢琴比赛第二名，为中华人民共和国赢得巨大荣誉，成为中华人民共和国较早在国际重大钢琴比赛中获奖的知名音乐家时，我差不多刚刚出生。他改编、创作的钢琴协奏曲《黄河》和钢琴伴奏《红灯记》被"册封"为"样板戏"的时候，我还是个孩子。那个时候，我对艺术、对音乐的了解和欣赏几乎是一片空白，但殷承宗与生俱来的才华和对自己事业的痴恋在那个时候给了我极大的震撼。我是在电影上看见他弹钢琴的，在这之前，我已经习惯了人们的懒散、迷茫和无所事事。而殷承宗弹钢琴时全身心投入的劲头给当时的我带来一种全新的人生感受。当时他弹的当然不可能是莫扎特、李斯特和德彪西，但他手指头下跳动的音符像江水一样流泻到我原本只会五音不全地唱些语录歌的荒芜的心田里。尽管当时我不一定理解那些乐曲的含义，但是我听出的殷承宗对钢琴艺术的一往情深却令我深深感动，同时他通过钢琴表现出来的优美的音乐也令我陶醉：原来这个世界上还有这么多美好的东西在召唤着我们去努力，我们不可以用一些丑陋、扭曲的思想来描绘我们的生活，我们应该用高尚的理想把我们自己塑造得出类拔萃。这个"塑造"的过程就像一段美好的音乐一样，有阳光、有爱情、有奋斗、有努力……

令人神往。当年殷承宗弹的那些"叮叮咚咚"的优美音乐一直令我回味，所以我多年中始终在有意无意地"注视"着他，甚至在他像断了线的风筝飞到太平洋彼岸之后……

我始终在想，这个九岁就举办个人首场音乐会，并满怀深情、慷慨激昂地弹出自己改编的《跟着共产党走》《解放区的天是明朗的天》的天才钢琴家，将怎样在异国他乡继续弹奏出一曲欢乐与痛苦交织的钢琴协奏曲。

世界真的不大。1998年5月，我在厦门鼓浪屿——殷承宗的故乡见到了这位专程从美国赶回为母校厦门二中百年校庆义演的著名钢琴家。和他进行了长谈，我惊异地发现，曾有过大起大落，足迹几乎遍及世界，经历了许多漂泊与沧桑的殷承宗，风采依旧，平静如水，无论是毁誉，还是荣辱，都如天边的云、庭前的花了。他衣着朴实，用闽南语和故乡人娓娓道着亲情，就好像他从来没有离开过鼓浪屿——这个美丽的岛、这片美丽的海，他随时聆听着他的母亲呼唤他回家的声音。我再一次，而且是亲身聆听了殷承宗弹奏钢琴，在此之前他说："你要想真的了解我，你就听我的音乐吧！"

不敢说我完全听懂了他，但我相信我听懂了他音乐声中反复出现的两个字眼，那就是——"祖国""乡愁"，这几个让他在海外梦魂牵绕的字。

为了能通过参加国际艺术活动，与国外同行交流，从而不断攀登钢琴艺术高峰，1983年，殷承宗选择了出国这条路。

1983年9月，殷承宗在纽约卡内基音乐厅举行了独奏音乐会，这个音乐厅由于大提琴家卡萨尔斯，钢琴家阿图尔、鲁宾斯坦、拉赫玛尼诺夫，小提琴家海菲兹、梅纽因、斯特恩，以及指挥家托斯卡尼尼、伯恩斯坦等音乐大师曾在此演出而闻名于世。殷承宗刚到美国便获此殊荣。

刚到美国的那几年，他们一家的生活过得十分艰难，没有钱租房子，只好借住在一所神学院中，靠替神学院打扫卫生以抵房租。当时，担保他去美国的五哥不幸病故，雪上加霜，使殷承宗黯然不已，但这一切并没有动摇他要继续弹钢琴的夙愿。无论什么艰难险阻、磨砺苦难都不会击倒他。他坚持练琴，每天练琴的时间都在六小时以上。他还仔细观察别人的演奏风格，博采众长，分析东、西方演奏家因文化差异而造成的演绎上的区别。美国五十个州，他跑了四十多个。功夫不负有心人，他终于得到了每年三四十场的演奏机会。除了在全美各地演出，他还去欧洲、亚洲，尽力宣扬和介绍中国钢琴音乐作品，让全世界了解中国。

1988年，在韩国举行的奥运会上，他演奏了八个国家的十六首乐曲，其中就有中国的钢琴曲《洪湖水浪打浪》和《翻身的日子》。

1992年,殷承宗在俄罗斯圣彼得堡演出时,因为有《夕阳箫鼓》和《十面埋伏》等中国钢琴曲,俄方提出要他更换曲目,殷承宗坚决反对,并明确表示,若一定要换下中国作品,他宁可不演。最终以对方妥协,还是按他的原定的曲目举行独奏音乐会而告终。

为介绍中国的钢琴作品,他经常不得不为纠正因文化差异造成的一些欧美人的偏见而发生争执。为此殷承宗不仅不后悔,而且做出不懈地努力。

多年中,殷承宗以他的拳拳赤子之心和不凡的演奏技艺,在他演出过的国家和地区,介绍了《梅花三弄》《百鸟朝凤》《平湖秋月》《快乐的啰唆》《鱼美人》《东蒙民歌六首》《红灯记》《黄河》等数十首中国钢琴作品,并录制了有一半是中国作品的五张唱片。原本他的经纪人只允许这个固执的中国钢琴家在返场时演奏中国曲目,而现在这些作品却可以堂而皇之地列入他正式演奏的节目单了,甚至不乏钢琴协奏曲《黄河》,在他的心目中祖国永远是最重的。

由于殷承宗在美国音乐圣殿——卡内基大厅成功地举办钢琴独奏音乐会,从此奠定了他作为国际钢琴大师的地位。《纽约时报》认为他"对钢琴有着近乎完美的把握",并称他为"中国最好的钢琴家"。英国《新格罗夫大辞典》将他列入中国四大音乐家之一。

"举头望明月,低头思故乡。"在国际乐坛已取得巨大成就的殷承宗经常夜不能眠,他怎么也不能忘怀生他、养他、抚育他成长的祖国。1986年9月,他应邀到香港演奏《黄河》。演出之余,他专程到罗湖桥畔,顶着骄阳烈日,遥望国门,泪眼婆娑,徘徊了很久很久……

他自然想到了他出生的那个家,那个被世人称为"海上花园"的鼓浪屿,想到养育了十个孩子善良而勤劳的妈妈,想到了家中那台胜利牌留声机和那架历史久远的立式钢琴。他终不能忘,每当大姐弹琴时,他就站在旁边痴痴地听,直到因年岁太小支撑不住就靠在钢琴上睡着了,使得母亲四处寻找。后来他把长辈给他的零用钱拿去找一位牧师太太学琴,但似乎不用牧师娘怎么教他就学会了识谱,小小年纪就经常在鼓浪屿的一些家庭音乐会上为大人伴奏。1950年,他举办了他人生的第一个钢琴独奏音乐会,那蓝黄两色的音乐会请柬像一对鸟的翅膀托着九岁的殷承宗开始飞向他心中的音乐殿堂。1954年,他考上了上海音乐学院附中钢琴科。1960年,他又因为成绩优异被国家派到苏联列宁格勒音乐学院留学,受教于著名钢琴教育家克拉芙琴柯教授。在这期间,他没有辜负老师的期望,以深刻的诠释、充沛的激情和近乎完美无瑕的演奏,从众多选手中脱颖而出,荣获柴可夫斯基国际钢琴比赛第二名,为中华人民共和国赢得令人瞩目的荣誉。后来因中苏关系恶化,他返回祖国,被安排在中央音乐学院钢琴系继续学习。那时是1963年,国家刚刚摆脱了"三年困难时期"的阴影,音乐界掀起了一场"土洋之争"。民族的"土"的东西,被片面认为是"无产阶级的革命象征",而来自西方的"洋"的东西,则"顺理成章"地成了"资产阶级""颓废文化"的代名词。在那种形势下，中央音乐学院也有人提出，钢琴是资产阶级的专利品，无产阶级不需要，应当撤销钢琴系。

当时在农村搞"社教"，经过多年艺术实践，积淀了较深文化底蕴，尤其有独到见解的殷承宗认为，自己有必要用事实来说明钢琴不仅应该而且可以为国家服务。经过潜心的思考和反复的构思，他编写了一首有朗诵、有表演、有唱歌，有《李双双》插曲，又有《翻身的日子》旋律的钢琴曲。这一清新明快、朴素自然、具有浓郁的民族风格而又巧妙地借鉴西洋的表现手段的典型的"中西合璧"的艺术作品演出后，一时声誉鹊起、好评如云。备受鼓舞的殷承宗索性把它定名为《农村新歌》。1965年，敬爱的周恩来总理在百忙中亲自观看殷承宗演奏《农村新歌》并给予热情肯定。刘少奇主席亲切勉励殷承宗再接再厉，用钢琴艺术反映时代，反映生活，多创作受人民欢迎的好作品。最令他难忘的是1964年春节，毛泽东主席和殷承宗作过一次长谈，鼓励他继续走革命化、民族化、群众化的道路……

俱往矣,岁月不堪回首,但殷承宗仍然想回到他深深爱着的祖国。终于,1993年7月,中央电视台特地邀请殷承宗回国参加盛大的文艺演出。离别祖国十年之后,殷承宗重新在祖国的土地上弹奏起了《黄河》。殷承宗热泪长流,他觉得自己就是黄河中的一滴水,终究要汇入民族的洪流,只有在祖国的怀抱中,他才感到踏实、安宁。

他回来了,他带着他的钢琴奔走在祖国的大地上。他去广州,回北京,并率领俄罗斯圣彼得堡国家交响乐团在中国十大城市巡回演出。我有幸在生他、养他的鼓浪屿上聆听他弹奏海顿、舒伯特、肖邦。此时,月光如水,海浪如练,他的琴声如天籁之音。我知道,他在向他的乡亲和这片土地倾诉他的爱、他的深情,他永远将不会改变的赤子之心。

他告诉我,他每年都要回来,因为他挂念着他的祖国,他拥有着内心深处对鼓浪屿的那份乡愁。永远!

数风流建筑，还看鼓浪屿
林丹娅

鼓浪屿，位于中国版图的东南方，福建省厦门市的西南面。小岛四面环水，金沙如带，西接内陆九龙江，东以大担、二担诸岛为屏，紧临台湾海峡，南与太武山隔海相望，北倚五百米左右的鹭江水道与厦门岛唇齿相依。鼓浪屿的地质是由一亿多年前的燕山晚期中粒花岗岩所构成。在漫长岁月中，岩体因风化而支离破碎，蚀化成泥，唯有最坚硬的岩核，可经受住大自然最严酷的洗礼而依然坚挺，也才使鼓浪屿拥有平地起峭壁、突兀飞来峰的奇特景观。而鼓浪屿的亚热带海洋性季风气候，使岛上日照充足，水量充沛，冬无严寒，夏无酷暑，温暖湿润，植物种类极为丰富，从遮天蔽日的

/ 数风流建筑，还看鼓浪屿 /

高大乔木到匝地成荫的灌木丛林，奇花异草，珍稀果品，长年常有，经年不断。如此地理位置、地形地貌、气候条件、物种植被，再衬之碧海蓝天、日月星辰，成就了小小鼓浪屿，宛如伊人，在水中央，波光潋滟，旖旎无限。

但成就鼓浪屿名满天下的，还不仅仅只是它的自然风光。

在有宋之前，鼓浪屿还只是一个荒岛，到了宋元年间，开始有人家上岛定居，从此人烟渐稠，农事渔业，渐得开发。岛上现存年代最早的文墨石刻，是明代万历元年的"鼓浪洞天"四字，距今已四百多年，镌刻下鼓浪屿的正名与人文史。

清顺治三年，明将郑成功为抗清与收复台湾计，屯兵鼓浪屿，操练水师，长达四年，岛上至今尚存水操台、石寨门、拂净泉等遗址。明清间，鼓浪屿虽历经数番海禁，开发受之影响，但也逐渐发展为一个"在海中，长里许，上有小山，田园、村舍，无所不备"（清乾隆版《鹭江志》）的世外桃源。

清道光二十年鸦片战争爆发后，清政府与英国签署了《南京条约》，厦门被划为"五口通商"口岸之一，同时承认鼓浪屿仍由英国所踞，这使得西方列强可以名正言顺地进驻厦门并从事各种活动。于是，鼓浪屿得天独厚的自然环境，成为在厦洋人眼中的居住首选。凡进入厦门的外国人与外国机构，无不想在鼓浪屿上拥有一席之地。他们在岛上前后设有英国、美国、法国、德国等十三国领事馆，设立如工部局、会审公堂、理船厅公所等现代管理机构，开办如大北电报公司、汇丰银行、德记洋行等企业，创办如养元、毓德、英华等中小学校推行现代教育，创办救世、博爱、威廉明娜等现代医疗机构推行西医疗法，建造福音堂、天主堂、三一堂等宗教场所……当弹丸之地的鼓浪屿，一下拥进这么多洋人洋机构时，鼓浪屿便不能不笼罩于浓郁的西风洋雨下。于是，在鼓浪屿中国式的风土上，开始滋长出完全不同于旧日时光的西洋景，鼓浪屿进入"万国租界"时代。

随着中华人民共和国的成立，鼓浪屿结束

了百年半殖民地历史。又近七十年过去了，人们发现，鼓浪屿所特有的历史，使今天的她拥有如此独特的面容与蕴含。它似乎在顽强地证明一种事实：入侵与掠夺无法阻遏世界性的交融贯通；在破坏与毁灭的同时，人类对文明的追求却生生不息。那些生长在鼓浪屿上的异质元素，造就了今日海上花园、音乐之乡、琴之岛、万国建筑博物馆……不同于他乡的文化景观。今天的鼓浪屿，成为人们心目中"中国最美的地方"。

当然，这个最美，首先在于她的建筑。无论你从哪个方位来，无论你从什么角度看，无论你是身置其中还是其外，鼓浪屿给你造成强烈视觉冲击的首先是建筑。从土著岛民盖了第一座栖身之厝起，从西方洋人建了第一幢洋楼起，鼓浪屿建筑的风云际会就注定要到来。尤其是到了20世纪的二三十年代，集东西洋、南北风各个时代艺术精粹的各式建筑如雨后春笋，遍布鼓浪屿的山丘田野。如今，岛上仅这一时期的建筑就达千余座。这些建筑浓缩了鼓浪屿的近现代发展史，隐含着中国半殖民地半封建社会时期的社会形态，同时也是我国民居建筑由传统向现代形式转折时期的产物，它为研究我国近现代建筑发展史，提供了重要的实物资料。

鼓浪屿上建于不同年代的建筑，其成分来源与类型大致有以下几种。

其一为原住民的闽南风古厝，可以建于清道光十七年的俗称"九十九间"的黄氏大厝为代表。这栋大厝庭深院广，构筑精美，因随地形而筑，故逐落高升，气势轩昂，蔚为壮观，据说是当时鼓浪屿上占地面积最大、开间最多的闽南传统民居建筑，可叹历经百年的兵荒马乱、天灾人祸后，于今只能是凭图传说了。而保存完整的代表建筑是建于清嘉庆元年的"大夫第""四落大厝"等。它们距今两百多年，宛如遗世孑立的老蘑菇，带着低调的华彩、醇厚的精致，沉稳笃定、不卑不亢地开放在一派高头大马的洋楼群中，呈现出地道的中国风。无可置疑，它们愈来愈成为鼓浪屿建筑景观中最不可或缺的部分。

其二为西方国家驻岛机构、娱乐场馆、私人住宅之建筑。鼓浪屿优越的地理、气候条件，给洋人提供十分惬意的人居环境，西方诸国在鼓浪屿上所进行的政治的、经济的、文化的种种活动，日趋频繁与活跃。而与之相应的，必是供其办公、娱乐、居住等建筑的产生。如与当年英国、美国、法国、德国、日本、西班牙、荷兰、丹麦、葡萄牙、奥地利、瑞典、挪威等十八个国家向鼓浪屿派驻领事的事实相应，其办公和活动场馆、机构为其雇员修建的公寓和洋人个体为自己修建的私宅等等，如雨后春笋般在鼓浪屿各个移步即景的角落里醒目地冒将出来。洋人们建造的房子，就如岛上本土大厝带来的闽南沿海一带的建筑风一样，它们也带来了洋人原住国的建筑习惯、建筑格局、建筑艺术与建筑风格，后来都成为鼓浪屿上具有标志性、示范式意义的建筑，如美国领事馆、万国俱乐部等。鼓浪屿本土文化与外来文化，在外表上发生最奇特也是最急骤的糅合与变化，就是从洋建筑的进入开始的,它意味着鼓浪屿将迎来一个迥异于既往任何时候的建筑时代。

其三为海外华侨、台湾及内地富商豪绅的私宅园林建筑。鼓浪屿建筑随着洋人在鼓浪屿上的安营扎寨,从此一改闽南传统民居建筑形态在岛上的格局,西方建筑元素与风格在鼓浪屿上几乎一统天下。但投资最多、建得最为讲究、最有排场的建筑,则大部分为华人所有。换而言之,西方建筑在鼓浪屿上的滥觞,虽然源于以外国领事馆为标志的西方建筑,但后来使西方建筑传统在鼓浪屿上愈演愈烈,并使之成为鼓浪屿建筑主流的,则是华人投资营造的建筑,他们才是鼓浪屿近现代建筑的主力军。

闽南人历来就有南洋发财,老家起厝的传统,以建筑的方式,宣扬他们下南洋发财致富的功业,彰显他们光宗耀祖的功德,更借此传扬他们庇荫子孙后代的美名。因此,在老家盖一座漂亮而气派的房子,往往成为下南洋的闽人,除谋生初衷外的第一梦想与寄托。因此,建筑对他们来说,不仅仅只是盖一座可供居住的房子那么简单的事,建筑是他们的形象,也是他们的精神,往往吸附并体现他们毕生的心血与财富、毕生的梦想与荣光。这种融化于建筑之中的伦理功能,也会导致他们在建筑上的攀比心理与风气。乱世风暴中犹自安宁静谧如港湾的鼓浪屿,几乎就是为这些下南洋的富商巨贾们量身打造预备下的。总而言之,当时对他们来说,或为投资兴业计,或为转移财产计,或为韬光养晦计,或为落叶归根计,或为逃灾避祸计……不管是出于什么原因,似乎再没有比乱世中的一方安乐土——鼓浪屿,更适合做他们的去处与归宿了。据当年工部局报告,在20世纪初的短短二十年间,光华侨在鼓浪屿上就兴建了一千多幢住宅别墅。

一般来说,西方建筑外在追求气派,个性张扬,内在追求享受,满足舒适感;中国传统建筑外在追求沉稳,个性内敛,内在追求品质,满足身份感。华侨华商的视野与财富,使他们有条件在其建筑上各取所长、各取所需,进行中西土洋之间的最佳"折中"。西方建筑内外功能与华人对建筑所寄予的炫耀心理的暗合，促使鼓浪屿建筑特有形态的诞生，也是造成鼓浪屿华侨房子建得精美奢华，一栋赛过一栋的潜在原因。除了这批下南洋的华侨富商巨贾外，还有一批有台湾背景的达人显贵，也是鼓浪屿建筑中十分醒目的主力。最具代表性的就是时为"台湾第一富"的林本源家族，林氏弟兄所营建的菽庄花园、八卦楼等，都是鼓浪屿建筑中的经典名筑。当时，不愿留在台湾当日本人"顺民"而内渡回大陆，择鼓浪屿修建居所的台湾人还不在少数，如林鹤年建怡园、林朝栋建"宫保第"等。

其四为公共设施及民用建筑。随着鼓浪屿的人烟稠密、入住居民身份层次与素质的提高，各种商业性、公共事业性建筑，如教堂、学校、医院、书局、邮局、码头、俱乐部、运动场馆等等建筑配套出现，典型的有天主堂、毓德女学堂等等。

由上述可见，当年各路人马从海内外云集而至鼓浪屿的情形，他们在满足求地问舍、造房置业心愿的同时，也带来了大笔大笔的黄金白银，这从客观上大大刺激了鼓浪屿房地产业的蓬勃发展，从而吸引更多有钱人前来投资房地产。这种状况已然形成一个良性循环，它让鼓浪屿建筑业持续兴旺了近四十年。

鼓浪屿的建筑若以其建筑用途划分，有领事馆建筑、教堂建筑、寺庙建筑、居住建筑、园林建筑、公共设施建筑等等；若以其建筑形式划分，有楼、屋、殿、堂、厅、廊、亭、阁、台、榭、园、苑等等；若以其建筑材料划分，有砖、木、石、陶、钢、铁、水泥、混凝土等等。这些看起来与其他地方并无二致的建筑元素，却在鼓浪屿独特的环境中，建构起它那独一无二的、不可复制的建筑风格。与鼓浪屿地形地貌最相宜的建筑是什么呢？它应该是高度融合了东西方、外来和本土、古典与现代的生活智慧与艺术趣味的建筑。

鼓浪屿建筑，无论是从大观上还是细节上，都无不凝聚着这种融合，如中国式的庭院、西洋式的楼房，中国式的屋顶、西洋式的房体，中国式的厅堂、西洋式的门窗，中国式的栏杆、西洋式的阳廊，中国式的亭子、西洋式的柱子，中国式的额枋、西洋式的山花……不仅如此，人们更可以从中看到西方各个时期古典建筑中的各种经典元素，古希腊式的、古罗马式的、拜占庭式的、罗曼式的、哥特式的、文艺复兴式的、巴洛克式的、洛可可式的、新古典主义式的……目之所至，数不胜数，根据此特性，鼓浪屿建筑应是较为典型的有折中主义风格的建筑。鼓浪屿建筑所体现的折中主义，不仅是对西方外来的同时也是对本土的各种建筑元素进行主动的、生动的摄取与辑合；不仅是对世界上各个时期建筑风格的模仿，更有在模仿中添加设计师乃至本土工匠自由发挥式的创新。这种建筑手法几乎遍布在鼓浪屿的每一幢建筑物上，使每幢建筑物都可能饱含古今中外建筑的各种元素，都可能饱含着出其不意的个性花样，都可能饱含着看似繁复但绝不重复的变化。

　　鼓浪屿大兴土木之日，正是折中主义建筑

艺术大行其道之时。鼓浪屿人口来源的世界性，不仅带来居住建筑的需求，也带来对建筑多样性的需求。反之，西方人带来折中主义建筑思潮与其设计理念，鼓浪屿的建筑市场又恰能满足它。也许谁也未曾料想，当时法国巴黎的高等艺术学府是传播折中主义艺术和建筑的中心，而远在东方的鼓浪屿，会恰当其时成了播种折中主义的绝妙园地。

而特别有意思的是，与折中主义建筑广取博纳之特性相对应，鼓浪屿建筑的设计师，也大有文艺复兴时期出现的那种全才型人物，他们多专多能，按今天的话说，是地道的复合式综合型人才。他们可能是名闻遐迩的音乐家、牧师或医生，同时也是出类拔萃的建筑设计师。在鼓浪屿上，你不期而遇的那些经典建筑物，不期然就会是他们留下的大手笔。这也许也是鼓浪屿建筑如此与众不同、不流于俗的潜性原因吧。

鼓浪屿全岛呈丘陵地貌，日光岩为全岛制高点，也是第一名胜。日光岩以下四周，由近及远，遍布岩峰山峦。东北有龙头山、草籽山等，东南有东山、升旗山、复鼎山、石崁顶等，西南有鸡母山、英雄山、鹿洞山、旗尾山、倒交岭等，西北有笔架山、燕尾山、兆和山、骆驼山等。这些娇小玲珑的山头，虽赶不上崇山峻岭的伟岸，但其峻峭嵯峨、挺拔峥嵘之势，却有过之而无不及。而在这些俊秀的山岩峦峰之间，则是层层叠叠的台地。如此地形，使得鼓浪屿虽为弹丸之地，却尽得地势之美。局部飞峰突起、悬崖兀立，整体则坡谷相接、跌宕起伏，为鼓浪屿建筑的参差错落提供了很好的地形地貌。

俗语说文似看山不喜平，建筑群体的坐落何尝不如此？无论是从建筑的功能性还是从观赏性来说，无论是从居住视野还是从观赏角度的需求来说，又何尝不如此？建筑在其上，不由得不因地制宜：或垒阶而上，或筑坡而下，山虽不高，俯仰间顿起风光；地虽不阔，方丈间自有乾坤；远观参差错落，鳞次栉比，意态缥缈，气象万千；近瞧则峰回路转，曲径通幽，花迷深处闻人语,林巷尽头有人家;出则明,入则隐,出无碍,进无忧,一转弯一拐角,移步即景。这些的确都要拜鼓浪屿地貌之所赐。

而更有意思的是来自无心插柳之作:当初因顺其地形地貌而任意为之的建筑,造成至今鼓浪屿上没有一条整齐划一、平坦宽敞的马路,有的只是如迷宫般蛛网密布的巷道。这看似毫无章法的城建布局,据说还是得自英国伦敦城之真传。它直接生成了全国唯一一座不通机动车乃至自行车的步行岛,从而居然使"结庐在人境,而无车马喧"的理想人居环境,可以在当今现实中存在。

世界各地各个时期的建筑精华,似乎只有汇聚在鼓浪屿这样的地块上,才真正释放出它繁复多变又和谐统一的无敌美感。时运机巧,当年折中主义自西方空降而来,未承想如此吻合鼓浪屿之水土。唯美、精美,多样、多变,个性化、融合性的折中主义建筑,与鼓浪屿天钟神秀的地理地形、地势地貌的契合,形成当世无出其右的鼓浪屿建筑风貌,成就了鼓浪屿万国建筑博物馆的名号。

人类曾以建筑的形式，宣告自己进入文明史。建筑是人类追求诗意居住的第一寓所，这是人类生存的本能，也是存在的天性。不管建筑物因何而来，又发生了什么，但建筑的语言，总能洗脱世间风尘，只告诉你一个最适用于人类的普遍原则，即诗意地居住。这就是为什么今天的人们，尽管有隔膜与隔绝，有成见与分歧，但站在杰出的建筑前，却只有共同的感叹与分享。建筑其实已远远超过物质层面上的意义，而成为人类共同的现实与梦想的承载。

如果说鼓浪屿的确有其独特性的话，那么这种独特性正是交集在建筑物上表现出来的。它是鼓浪屿的色彩，鼓浪屿的音符。它是鼓浪屿的衣裳，又是鼓浪屿的骨肉。它是存在的历史，不死的传说。它历经沧桑，见证风雨，洞明世事，隐含人情。厦门人终于意识到鼓浪屿建筑作为历史风貌建筑所涵有的历史的、美学的、科学的、艺术的、精神的、物质的，当然还有建筑本身的意义；意识到鼓浪屿建筑是中国近代史、华侨史、建筑史等等不可多得的实物载体，是一笔不可再生、不可复制的文化财富。

鼓浪屿建筑不仅属于厦门人，属于中国人，更是属于全人类。

天风海涛鼓浪屿
蔡天敏

在风光旖旎的厦门,有一个造化特别钟爱的小岛屿,这就是鼓浪屿。她天生丽质,宛如出水的芙蓉,吸引着无数的中外游客前来一睹风采。而这个小岛屿为何叫作鼓浪屿?知其由来的人并不多。

老一辈的厦门人,比如我的父母,还有我的岳母,都叫她"五龙屿"。他们用闽南语讲出这个地名,就特别有韵味。其实他们所说的,是这个小岛的地理特征,岛上曾经有五个小山,就像五条小龙似的,虬曲盘踞在岛上。靠近岛北边,还有一条路,叫作"龙头路"。因此,这个小岛最早被命名为"五龙屿",当属所传不虚的。

再说，离岛不远的厦门本岛南岸旁，也有一个小山头，叫作"虎头山"。于是，隔着一条鹭江，就有龙虎并峙的自然景观，这很符合人们的审美情趣。鹭江两旁，有龙虎守住门户锁钥，就像哼哈二将守护一方水土，正好迎合了人们期盼江山永固的心理。而这个原本叫作"五龙屿"的小岛，为什么变成"鼓浪屿"的叫法呢？究其原因，我觉得有两个。

第一呢，就是谐音雅化的结果。诚如上文所说，人们原本依照这个小岛屿的地理特征，命名其为"五龙屿"。后来，经过口传语授，再加上有些厦门人普通话的语音并不准，就说成和听成"鼓浪屿"了。并且，大家认为取这个地名更好，更有味道，也就慢慢认同这个说法了。在厦门，有不少地名，就是雅化所得的。比如陈嘉庚的祖地集美，原本的地名是叫作"浔尾"，因为那地方，原本就在一条"浔江"的末尾，当地人也就这么叫着。后来，用闽南话这样叫着叫着，有人（尤其是刚来的北方人）就听成了"集美"的发音。于是，也就这样叫开了，这也完全符合这个地方的状貌——汇集天下的美景，也就十分地认同了。谐音雅化而得的地名，在厦门很多，不胜枚举。将"五龙屿"说成"鼓浪屿"也就不足为奇了。

第二呢，是因为在这座小岛屿的南端，也就是菽庄花园再过去一段距离的美华浴场附近的海域上，有一块礁石被海浪一冲刷，就发出阵阵的声响，如同擂鼓一般。许多厦门人都认同这种说法，因为它带有诗意的美丽。我曾亲自到实地看过这块礁石，它已经远离海水了，高踞在海岸上，这是人们侵占海湾的结果。但是，在这块礁石的身上，浪花冲刷的痕迹很明显，在它的身上留下了许许多多的孔洞，特别是有一块近乎椭圆状的大豁口。想想看，潮起汐落，一日两潮，它就这样日日夜夜被海水咬噬着，能不孔洞淋漓吗？也正因为它的身上孔洞淋漓，又有一个巨大的豁口，海水在冲击时，才会发出涵澹澎湃之声。大海就是一位永不疲倦的鼓手，日夜戏弄着如鼓的礁石，发出了美妙的天籁之音。

鼓浪屿由于孤悬海上，小巧玲珑，再加上人文荟萃，也就名震中外。在该岛屿的最高处，悬耸着一块巨大的岩石。人站在岩石之顶，会觉得海风频频吹来，似觉岩石在晃动。于是，最早涉足此地的人，就把它看作晃岩，有人还把这两字题写在岩石上。但是，以前的人写字都是竖排的，那"晃"字写得太瘦长了，游人一读，则变成"日光岩"了。长期地以讹传讹，倒也成为事实，人们也就认同这个说法了。在这座小岛屿上，摩崖石刻很多，著名的就有"天风海涛"和"鹭江第一"等等。许多名士在此题写游览此岛屿的感叹，赞赏鼓浪屿的秀美风光，附庸风雅了一把，也就成为美谈。

在那遥远的明末清初，鼓浪屿是郑成功屯兵扎营之地，日光岩上就有郑氏军队所设立的水操台，水操台四围的堞角围墙，静静地述说着曾经的金戈铁马、曾经的旗语飘展、曾经的桨起帆扬……在这座弹丸小岛上，矗立着许多西式和中式的楼房别墅。20世纪初叶，林语堂负笈来此求学，并且以他非凡的才学，吸引了社会贤达巨贾的目光,几经辗转,他就成为鼓浪屿豪门的女婿。在鼓浪屿,他和廖家的女儿廖翠凤,写下了一段绮丽的佳话。都说地灵人杰,委实不差。岛上人才辈出。有被誉称为"万婴之母"的林巧稚,有一代钢琴宗师殷承宗,有把世界各地的钢琴搬过来展览的"钢琴之父"胡友义,有写诗出名的当代大才女舒婷……岛上住户的钢琴密度,是天下第一,被称作"琴岛",连码头的造型,也是一架钢琴的模样。小岛屿的幽巷里,会不时地传来附近住家弹钢琴的美妙乐曲声。鼓浪屿上没有汽车,是个步行岛,人们搬运货物的用具,是人力板车。她拒绝汽车尾气,拒绝汽车噪音,拒绝所有的躁动与喧哗。她是一座宁谧的小岛,一座安详的小岛。

然而,就在前些年,为了拉高本地的旅游业发展,小岛的旅游资源被过度挖掘,连著名诗人舒婷的住处,都在岛上矗立于路途中的标识牌中标注出来,让诗人及其家人备受困扰、不胜其烦。并且,慕名前来的游客骤增,在五一、国庆、春节期间，岛上游人如织，人满为患。有时，一天上岛的游客，竟然达到四五万人之多。小小岛屿不堪重负。有识之士就赶忙呼吁，要采取必要手段加以疏导，合理控制上岛游客。同时也要对岛上的商家宰客、野导众多等问题加以整治，还鼓浪屿清誉。

由于小岛屿太过雅致、美丽，诗人蔡其矫就用极为优美的诗句来赞美她：

> 黄金的沙滩镶着白银的波浪
> 开花的绿树掩映着层层雕窗
> 最高的悬岩又招来张帆的风
> 水上的鼓浪屿，一只彩色的楼船
>
> 每一座墙头全覆盖新鲜绿叶
> 每一条街道都飘动醉人花香
> 蝴蝶和蜜蜂成年不断地奔忙
> 花间的鼓浪屿，永不归去的春天
>
> 夜幕在天空张开透明的罗帐
> 变化中的明暗好比起伏呼吸

无数的灯火是她衣上的宝石

月下的鼓浪屿，在睡眠中的美人

我是个生于斯、长于斯的厦门人，自小鼓浪屿就是我的常去之地。我非常喜爱这个小岛屿，她是造化的钟爱，是人间的一方福地，是秀美的仙山琼阁。我曾经写下一首小诗来赞美她：

孩提时

鼓浪屿是妈妈哄睡的童话

沙滩　绿树　红瓦房

还有那琴韵缭绕的晚霞

少年时

鼓浪屿是我们快乐的天堂

钻猴洞　爬岩山　戏海潮

火红的凤凰木也在一旁扇凉

到如今

鼓浪屿是祖国的一个盆景

小巧　玲珑　又无瑕

让天下的游客都想带回家

我的这首《心中的鼓浪屿》的小诗,就是对她华美姿容的由衷赞颂,恰如一个婴孩对母亲的无尽依恋与讴歌!

当你走过漳州那些古街
文　峰

朋友几天前告诉我，过几天要来"国际化大都市"漳州看看。"国际化大都市"源自我对老家的戏称。后来才发现这不是戏称，只是时间点不对。明万历年间的漳州城内人来人往，熙熙攘攘，车水马龙，热闹非凡。据《龙溪县志》记载，万历四十年，龙溪县有三万六千余人、一万三千余户。而这个数字，只是官方的统计数字，实际人口则要多一倍，也就是七万多人。有书为证：《中国人口发展史》（葛剑雄著）里有"……以宣德、正统年间为例，官方统计全国五六千万口，加推算被荫蔽的两千余万口……再加上……明中叶实际人口数当达到一亿上下，嘉靖、万历时估计达一亿数千万，即与官方统计数相差达一倍以上"。

全国如此,开放的漳州更不可能例外。要知道,直到 14 世纪末,欧洲最大城市威尼斯和佛罗伦萨只有九万人,一般城市,如纽伦堡、奥格斯堡不过一万人左右。

这七万人多当中,难免有些个外国商人、船员和传教士。据日本学者小叶田淳《中世纪南岛交通贸易的研究》中的说法,嘉靖二十年,仅留居漳州的葡萄牙商人就达五百多人。几十年后的万历年间,留居漳州的外国人只会更多、不会更少。所以我现在称漳州为"国际化大都市",也算有据可查,不算浪得虚名。

让我们穿越一下。几百年前的四月,漳州城里淫雨绵绵,人们躲在骑楼里泡着茶,那是新上的春茶,缕缕清香在雨中缥缈,金发碧眼的老外望雨兴叹,闻香而醉,热情的居民用闽南语招呼,"来吃茶",于是一起吃茶,比手势。雨后的石板路,看着就是那么舒服、安静。烈日下的"五骸距"(街道两旁骑楼底下的人行道)也显得愈发可爱。看来,漳州前辈们早在四百多年前就享受过我们今天的清凉与方便。

当年也有逛街一说吧。想当年，漳州城内，可有得逛了。甘蔗、烟草、柑橘、糖、番薯、玉米、马铃薯、花生、西红柿、漳纱、漳绢、漳绒（天鹅绒）、漳窑瓷器、玛瑙、铜簪环……还有药材。当时海澄月港有位姓陈的商人在漳州开了笃诚人参行，拥有"笃诚赐记""笃诚麟记""笃诚钟记"三家分店……有来自东番（台湾）的鹿脯、鹿皮、沙金……有用象牙精作细刻的各种各样的牙雕、牙箸、牙枋、牙带、牙扇，各种漆器、首饰、工艺品……来自海外的自鸣钟以其悦耳之音和奇怪造型，引得人们好奇驻足。还有令人驻足流连的各间书坊。读书人嘛，看一看那些精美的木刻插图，读一读里面的一两首轻歌艳曲，宽容地笑一笑。

明万历年间，漳州城里城外，以街称的道路总计三十三条（《漳州府志》卷二之《厢里》里记载）。街是什么？街者，城市之大道也。由于历史变迁，这些街道大部分消逝，但其中几条街道还能找到一点踪迹。如府前街，就是漳州府府衙前的大街，也叫"府口街"，现在的台湾路中段；南市街，古漳州城南门繁华大街，现在的香港路，这条街和府前街一样年纪老大不小，唐朝就有了。现在，以这两条街为主体辐射的古街区，已荣登首批中国历史文化街区之榜。

让我们再来穿越一下。万历年间繁华宽敞的漳州街道上，车马声声，轿篷盈盈。进士、举人、秀才，商人、市民、农民……骑马的、坐轿的、步行的，时不时走过几个东张西望的外国人，红头发、高鼻梁、穿着长袍的传教士，大胡子蓝眼睛的生意人、船员和水手。骑楼下悠闲自在的小茶桌子。牌坊下驻足的木偶摊。府埕云集飘香的美食。尤其是那轿子，也很别致，轿内特别宽畅，可卧，可坐，可通风，可保暖，外观十分讲究，"编竹丝作鸟兽花草之纹，在阿堵中镂骨作花饰之，精巧轻便，宇内无双"。

万历年间的漳州，不但街道繁华，还有许多名胜，比如，在府前街南面建于宋庆历四年的文庙。从府前街往前走不远，便能看到文庙，红砖绿瓦，雕梁画栋，其大殿保留有全国知名的宋代原木构件。"左庙右学"既华丽堂皇，又庄严肃穆。时不时闯进几个懵懂的游客，发出啧啧叹息。大门外，耸立着两座牌坊，上书"德配天地""道冠古今"，而大门的左边立着一块石碑，镌刻"文武官员到此下马"，字里透出千古威严，显示着孔子作为"至圣先师"的崇高地位。

那个时候，漳州的街道上有东南名郡坊、百里弦歌坊、七科进士坊、文昌坊等七十九座牌坊。悠然走过建于嘉靖十年的县前街"清漳首邑"坊、为唐元和进士周匡物立的"名第"坊、为明宣德状元林震立于塔口街的"状元"坊、为宋代尚书颜师鲁和吏部尚书颜颐仲立的"奕世文昌"坊……随着历史的变迁，牌坊所剩无几。而我想，最让人感兴趣的应是立于南市街双门顶的"尚书探花"坊和"三世宰贰、两京扬历"坊。"尚书探花"坊系明万历三十三年为林士章立。林士章，字德斐，漳浦人，嘉靖探花，任南京礼部尚书、国史副总裁。"三世宰贰、两京扬历"坊是明万历四十七年为蒋孟育及其父蒋玉山、祖蒋相而立。蒋孟育,字道力,于明万历年间考中进士,官至南京吏部右侍郎。祖孙三代都有才华,有地位。两座牌坊竖立的时间很近,地点更近,荣光四射,熠熠生辉。

这么有文化的牌坊,朋友视而不见,我猜他们是冲着吃的来的。

果然过了几天,朋友用微信问我,他现在在芳华横路,怎么走才能到"台湾"和"香港"。朋友去漳州参加一个评审会,听说漳州台湾路、香港路街区入选首批中国历史文化街区,特地要看看,说要顺便在那著名的牌坊底下留下倩影。其实就是两个"吃货"听说这条路上有好吃的东西,比如连子圆、面煎粿,怕我笑话,所以来个大帽子理由。我说:"芳华横路,那可是熟得很,小时候经常穿梭于此。你们沿着百年教堂和天主教堂中间的这条芳华横路,穿过去,就到了古街区。别往右拐,往右拐到了青年路了,现在正改造呢。你们往左拐,走八十米,经过两间老理发店和一家卤面店,就到了府埕了。现在没有小吃了,有晓风书屋、徐竹初木偶、刺绣、非遗纪念馆招牌。走到底,右手边,抬头,有个'天益寿'招牌,那是民国药店,那条是台湾路。再往前五十米左右左拐那条路,就是香港路了,牌坊就到了。牌坊下就是著名的面煎粿,直走到下个路口就是著名的连子圆。别吃撑了,往下还有吃的……"朋友经不住我啰唆,早已挂了电话。

这对答让我依稀回到那白衣飘飘的纯真年代。想当年,我还是小屁孩一个。外公家在青年路上,每个周末,我几乎都在那里度过。套路是这样的:我的一个表哥、两个表妹、我的亲姐,加上我,五个小屁孩,周末时间集体兴冲冲往中山公园里跑。当然,那个时候还不知道,我们住的叫骑楼,对面就是一家省级文物保护单位,中山公园里那个碑是孙中山先生的三民主义碑,中轴线上的另一个碑是陈炯明攻下漳州时的立碑。我们假想中攻占的小山头,建有漳州人民解放纪念亭。每个周末,我们尖叫着穿过香港路那两座著名的牌坊和位居两座著名牌坊中的伽蓝庙。我们玩一种叫作踩影子的游戏。那是一个个风和日丽的上午或者中午，阳光把人们往来的影子像皮影戏一样地挪来挪去，重叠的时候很古怪，分开的时候很清晰。不管是重叠还是分离，都让年少的我们感到新奇，在此之前，我从没见过这么多的影子在大街上做游戏。骑楼下的老人们微笑而宽容。在那无忧的岁月里，耳边伴着老人家诸如"不要乱跑""一人只能吃一根冰棒"这样的嘱咐，夹杂着我们这群熊孩子"知道了""没问题"的快乐声响。它们彼此纠缠，和着麦芽糖的叮叮叫卖声，回荡在"香港""台湾"一带。香港路有家渔具店，上大学的时候，别人忙着谈恋爱、踢足球，我忙着买渔具上九龙江钓鱼，据说那是晚熟的表现。我们听着周杰伦那首《烟花易冷》，抬头仰望传说中的伽蓝庙里发生的伟大爱情，在穿越中想象，在想象中陶醉。蔡琴的歌这个时分响起，"读你千遍也不厌倦"，感觉生活还算对我不错。

一切俱往矣。历史的聚光灯如今不得不重新照亮它的每一条的街巷，以及骑楼、牌坊们曾经的辉煌。这座小城的创建者，是否在翻动第一块厚土的时候，便已预测到它今日的模样？

踏着凹凸不平的青石板老路，穿过不算悠长然而沧桑的老街，仿佛还能嗅到从年轮缝隙中吹来的盛世气息。朗朗的读书声、飘香的叫卖声、壮志难酬的叹息声，以及少爷小姐的绵绵情意，都弥漫在这蔓延着的青苔之上、凋落中的窗花之下。影影绰绰的，便是前人的身影，高头大马，宽长衣袖，锦衣玉服，亲切乡音，在身边模糊着的脸上轻盈掠过，一切恍若一个不经意的回首，便掉落在一帘不曾停止的流年中。

或许有一天，这个古街区将在城市的变迁中走向边缘。但我相信，它的往事，依旧会和现在、过去一样，照亮世上每个惦念它的地方，传承着它的传承。它就这么无言地伫立着，宁静地表达着。走出这幅历史赠予的画卷，即便换了人间，那旧屋老街与远去的人，留下的每一滴笔墨、每一缕温情、每一处喧闹，都宛若昨日重现。无论现代的城市生活怎样繁盛，也许我们该歇下匆匆的步履，想一下自己的出处，忆一回自己的来历，即便古街区的容颜在岁月中渐渐苍老，直至模糊隐去，我们仍应记得它是脚下这片热土历史与文化的殷殷血脉。

今天，这里依然人来人往，店铺依然开着，主要是些小店铺，昨日的繁华不再，却多了一份恬静。这儿的店门还是那种传统的木制门，不像卷帘门，唰一下卷上去，唰一下拉下来。每户门、每扇窗的后面都是一个小世界，都有自己的过去了的事、现在发生着的事和将来想象中的事。总之，什么样的土壤生长什么样的植物，什么样的水土孕育什么样的人，每种生活姿态总能找到合适它生存的理由和空间，每座小城总有令人流连的动人往事。漳州小城人把大城市人不得不耗费在路上的时间拾起来，泡泡茶，晒太阳，聊聊天，安安静静过自己的小日子。在恬静中将历史重现，也许就是漳州最令人心醉的城市气质。

  至于那条亲切的芳华横路,更是穿越千遍也不厌倦。再过几十年,当我们年老无力之时,回到此处,那老样的巷口、不变的拱门、拱门里门前支着小茶桌悠闲的老人,也许正是许久不见的朋友。我们徜徉在小城不朽的往事里,怀念它的韵味绵长。

老街的记忆

于燕青

漳州的香港路和台湾路的老街是属于夜晚的,是适合做梦的。不是只有睡眠才能诞生梦,倘若时间、地点、空间、人物、光线契合了,是更让你怀想一生的梦。我的一个这样的梦就是在这里孕育的。说孕育有点矫情,因为孕育是一种优雅的等待。而它却是猝不及防的,就像被天上的馅饼击中。那是好多年前了,我随朋友来到延安南路。溟蒙的夜雾下,古街楼只有混沌的剪影,寂寥的星星且近且远。趿拉着木屐、穿着花袍裤的女人们,三五成群、舒行缓步地逛夜市。那时的肆声是永远煮不沸的水,那些悬挂着女人衣服和小饰物的摊位上不时传来她们潮湿、绵软的讨价还价声,她们脚下笃笃的木屐声也仿佛是催人入眠的小夜曲。女人们的这份悠闲自在,惹得我那位朋友顿生一半是妒忌、一半是忧伤的羡慕。没想到这夜晚、小巷、女人、屐声组成的画面在十多年后,在"怀想"这只手一遍遍的润色下,竟成了莫名的欲哭的伤怀之梦。可我已是那个武陵渔人,再也找不到返回桃源洞的路了。

选一段休闲时光,徜徉漳州古城,听那脚步扣响石板路面,让生命遁入时光隧道,于安谧恬静中,触摸唐风宋雨千年之后留给这个小城盘根错节、爬满苔藓的血脉经络。与香港路和台湾路比邻的府埕乃是这座古城食文化的集聚地。在包抄而来的市容扩建中,府埕如一帧镶嵌在华丽时尚影集里的旧照片。这帧旧照片越缩越小,如今也已是"人面不知何处去"。一个怀旧的人再没有比站在现代化高楼大厦的夺目光环下更感到荒芜的了。后来听说那里有家叫"空瓶子"的酒家,里面尽是民国时期的装修,也许是一种弥补吧。

香港路因杨骚故居更增添文化底蕴。跨街

并排处，一前一后赫然骈立着两座明朝的青白石相间构筑成的牌坊，浮雕、镂雕的龙凤、花卉、鸟兽、人物巧夺天工，至今依然可见昔日冕旒簪缨的气派。一座"尚书探花"坊，镌刻的是出身贫寒的漳浦林士章于明嘉靖十四年赴京考中探花，官南京礼部尚书及国史副总裁诸官职，历经明嘉靖、隆庆、万历三朝的事迹。另一座"三世贰宰、两京扬历"坊，则是为才高位显的龙海人蒋孟育及其父蒋玉山、祖父蒋相而立的。

台湾路的骑楼典雅古朴，老字号商店居多，如振裕钱庄、万元钱庄、天益寿药店、商务印书馆代理处等清晰可见。由此，亦可想见当年此乃众商云集、经济发达的富贵繁华一隅。两边街面，是熙攘喧哗的摩登服装和各类时尚品商店。

脚下踏响的不再是青石板，而是告老还乡的林士章官船溅起的水声和船夫的叹息调。当过大官的人归隐山林，苦于年事已高，不能年年往湄洲朝拜妈祖。怎么办呢？还是夫人聪明：

"官人，这有何难？何不恭请姑婆祖到乌石来。"林士章毕竟是当过大官、见过世面的人，知道做事要名正言顺，于是就有了那样的传说：林士章的祖父当年经商，船到"三洲"忽遇台风，桅断舱裂，人货尽殁。祖父紧抱断桅残杆在风浪中漂泊竟日，并苦苦哀号："姑婆祖救命！"获救后，神话般死里逃生的祖父叮嘱儿孙，今后若得一官半职，定去答谢姑婆祖。《林氏族谱》另有墨气淋漓的记载："福建林姓始祖是东晋时晋安郡太守林禄，传至唐代，有林坡者官至太子詹事，生九子皆为州牧，世称'九牧林'，分守各州府。其中六牧林蕴为邵州刺史，传六世林维悫，妈祖林默娘就是他的第六个女儿。而林士章衍出九牧中的第八牧，曹州刺史林迈，林迈传至八世林安，因避元兵而从长乐县迁徙到漳浦县的乌石乡，为漳浦林氏的开基始祖，再传十一世才是林士章。"按林氏大宗谱载，林默娘是开闽始祖林禄的第二十三世孙女，林士章则为第四十四世裔孙，所以称之为"姑婆祖"。

同样是漳浦人的药店小伙计，漳浦赤湖陈

姓人，在那个轻商贱农的清末年间就艰辛得多了。他少年来漳谋生，入药店做伙计，因其聪敏，懂经营，很快获老板赏识。这是他人生的一大转折，很快成了老板的乘龙快婿。没有史料记载小姐本人的情况和他与小姐的感情如何。但尝尽生活艰辛的他紧紧地抓住了这来之不易的机会，后来在台湾路另立门面，创办天益寿药店。这其中的甘苦也只有他自己知道。我仿佛看见这个精明的小伙计，躲避兵燹、走南闯北，车载肩扛道地药材，怀揣小姐可心的礼物，滞重的脚步踏石板路的轻尘而归。

逆流而上去古城

吴常青

我越来越喜欢漳州古城。20世纪80年代，我曾经无数次奔跑过"五骸距"骑楼耸立的南方街巷。少年嬉戏，总是围绕着骑楼方形石柱跑。列式的廊柱骑楼，通道可以遮蔽风雨，是我们玩打仗游戏的最佳战场。突破某一个阵线，跃出某一个战壕，占据某一个街角拐弯的碉堡，都非常兴奋。这一切，正如现在我很享受骑单车穿梭在古城大街小巷的感觉。游走古城，按照当下规划的线路，核心区应该是先走延安南路进去，经过闽南民居建筑、中山公园南门，从芳华横路进入最亮眼的府埕老区，再往南经过台湾路走香港路，一路看漳州古城最有名的天益寿药店、三世宰贰坊、尚书探花坊、伽蓝庙等古迹，然后东进走修文西路，去看文庙、拜孔子，最后折回延安南路。作为本地人，我当然有理由不按常理出牌，随心所欲，散漫自游。

自从2007年底我从平和县城调回祖籍地漳州工作，上下班或者节假日经常走古城区，近十年的生活，我越来越习惯、享受古城的涓涓浸润。细细想来，选择从江滨的博爱道上，随便找个入口，都可以马上感受古城的古早味。每当我骑单车进入香港路，刹那间有时光重返的恍惚。廊柱下一间挨一间的小百货、日杂店扑面就有浓浓的小市民气息，特别是一些厨具、餐具、香烛店，生活味道特别浓。其实，香港路是商业与文化并重。南段，有非常不容易找寻的左联诗人杨骚故居；往北，高大上的历史古迹有尚书探花坊、三世宰贰坊，民间文化特色的有颜氏木板年画作坊、徐竹初木偶雕刻作坊、伽蓝庙、王升祠等。据说香港路是古城的历史中轴线，官员进出，是否真不嫌弃这么庸俗的市民街区？整个香港路，零散四处的明清古迹，以及两侧的民国风味骑楼，让我感叹古城已老、繁华落尽，也许20世纪香港繁华的老城区应该就是漳州古城这等模样。

香港路北接台湾路。台湾路是千年府衙门前的中心街区。据说，明清时期这里制伞售伞行业鼎盛，被称为"雨伞街"。20世纪二三十年代，这里的药店、钱庄、布店、鞋庄遍布，漳州特色的歌仔戏盛行，享誉古城内外。如今这里主要是各种各样的服饰专卖店，对比香港路的小商品店铺，台湾路的古典窗拱与西洋柱式混搭，洋气更足，似乎略高一筹。从香港路到台湾路，一路走来，各种各样的小店却实实在在让人深切感受到小城平民生活的温暖。

府埕肯定是漳州古城今天的温暖核心。始兴路北段俗称"府埕"，即原漳州府衙门前大街，历来是漳州传统小吃的荟萃之地，手抓面、干拌面、豆花粉丝、五香、锅边糊、蚝面等远近闻名。这里的石板路平整阔大，两侧的行道树是高大的杧果树，灿烂的阳光从树梢洒落，树荫清凉，斑驳的光与影交织在一起，像巨大的渔网，罩住一片宁静。古城有多少条街巷小河呢？我把自行车停靠在树下，随意手机拍拍发微信，乐不可支。府埕两侧都是文化气息十足的门店，近年来新开张的漳州刺绣、漳州剪纸、漳州木偶、漳州木版年画、漳州非物质文化遗产展示馆……都很吸引眼球。白日里，在府埕休闲的老人们特别多，谈天论地说皇帝，把漳州古城的历史钩沉。我最爱走进府埕的晓风书屋，它是近些年来漳州最有名的文化处所。门店之外、廊柱之间，晓风书屋特意安排了几只休闲雅座，桌椅配套，随意闲坐、闲聊、闲看，随意翻书、茶饮、发呆。闽南地区多风雨，这里却斜风细雨不须归。晓风大气，书可以不买，却不可不读。

话说回来，府埕是漳州古城游览的三岔口。我个人认为，在这里重复签到三次以上才算数，才可以说漳州古城核心区都看过了，感受了。没有最好的选择，只有你觉得适合的路线。

从府埕大街转身走始兴南路，这是古石板路，短短一截。它再拐个弯，直接走修文东路，引领游人们走进古城的文庙。这是古城内现存最大的古建筑群，历史上的朱熹、黄道周、郑成功都到过这里祭祀孔子。文庙有宋代闽南木构件与北方建筑风格，大成殿被列为第五批全国重点文物保护单位。文庙让附近的人们有了文化信仰，无形中提高了修文东路的气质。但是在东桥亭下，我看到巨大的排污管道，以及负重流转的内河，古城的老人们也许会怀念七十年前这里是清澈的小河，如今它仅仅是下水道。我惊讶的是，漳州古城温度最高、水量最大、水质最好的温泉地热带——北京路片区就在这附近一带。

台湾路往东直走就是北京路。这是漳州人舌尖上的一条老街，我很荣幸就在这出生。小时候稀罕存留的印象里，记得北京路也是菜市商铺混杂，各种温泉浴澡堂、本地特色小吃店很多，借助新华西商业圈的影响力，今天的北京路北段，外来的小吃店也很多汇集在这里。设想一下，漳州传统小吃如卤面、手抓面、干拌面、豆花粉丝、五香、锅边糊、蚝面、四果

/ 逆流而上去古城 /

汤荟萃于某个地段,这里的人们福气有多大?我暗自认定,北京路是来漳州古城旅游最可以轻易融入漳州本地饮食生活的黄金通道。话说回来,香港路、台湾路、北京路,三个地名连串起来,真是充满了中国味的遐想。这三条古城老街,是漳州人结结实实过老百姓小日子、讨生活的好所在。我想,在古城,哪怕是小角落,用卑微的心态去看低处的阳光,其实不难察觉小幸福四处皆在、俯仰可见。

从府埕还可以走芳华横路,东瞧瞧,西看看。往东去看闽南民居建筑,红砖大厝、白墙壁、燕尾脊、油标砖,有吴冠中先生笔下简明的艺术美。民居里的书院、水井,也十分容易让我心生遐想。古厝的屋檐下、楼板下,历来是燕子做窝的好地方。它们以优美的英姿飞过蓝天、穿过街巷,此情景却已难得一见了。只好掉头往西走芳华横路,巷子深处有鼎鼎有名的"芳华里",里弄的居民众多,可想象芳华里的东家长西家短会有多少古城故事。芳华横路有一个漳州特色茶点,叫"咸新娘仔",一种用面粉做的小甜食。之所以叫"咸新娘仔",是因其味有甜有咸,入口生津,用漳州话形容就是"咸甜生涎",叫着叫着就演变成了"咸新娘仔"。其实,天津的麻花、闽南地区的蒜蓉枝,它们的缩小版就是"咸新娘仔"。让我惆怅的是,芳华里要征迁改建了。幸好,芳华横路与芳华南路、芳华北路、漳南道巷、青年路交会,西与振成巷连接,这些路段非常有古城生活底蕴,各种特色小吃至今脍炙人口。古城改建后,本地、外地的特色餐饮店、咖啡店很多。若有省内外朋友来漳州,我就邀约在这里大快朵颐。

从府埕直接钻进中山公园南门是追求宁静的旅游。漳州的中山公园建成百年了,是宁静的森林风景区与敞开式的文物博览馆。20世纪90年代,中山公园重新规划、设计,改造成极具时代气息的休闲公园。春天,木棉树红艳艳的花朵全部掉落了,遒劲的枝丫却在蓝天背景板上快速涂鸦,腕力十足。公园里的菩提、榕树、松柏、杉树、梧桐等参天大树,以及绿茵茵的露天草坪,是游人们避暑的最爱。迂回小径、风雨长廊，则适合秋高气爽之际，细细捕捉园内的园林艺术美。冬天，闽南地区的树木大多是常绿将军，公园长年举办菊花展、专题花卉展、漳州水仙花雕刻展等，特别吸引游客。公园的森林风景倍添了漳州古城的自然魅力，历史古迹更是锦上添花。中山公园本身就是漳州千年府衙所在，公园内的半月形七星池、仰文楼、中山纪念亭、解放纪念碑、华表六角亭、博爱碑等，这些历史古迹的点缀，恰似历史馈赠给公园游客的特殊礼物。

走出中山公园东门，就来到漳州最负盛名的延安南路上，这里与新华西交界，现在是漳州市区最热闹繁华的所在。延安南路的白玉兰树，是成熟性感的美少妇。阔大的叶片啪嗒落下，黄色叶片还带着一些碧绿，新陈代谢十分爽快，毫不失落，路边铺满的叶片，行人踩上去咔咔响，清脆悦耳。风吹起，一二叶片顺势拍拍你的肩膀。古城，在不知不觉中顺应时代的发展。

说不尽的明清老街
杨西北

我七岁回到家乡漳州，住在杨家老宅。老宅在香港路，现在是全国榜上有名的历史文化街区核心路段。我认识家乡其实就是从这条路开始。香港路不过两三百米长，老人称之为"南市街"，在老城区的南边，旧时一直是老城的中轴线，旧时指的是唐朝漳州建州后的历朝历代。这条两旁都是骑楼建筑的狭长街道盛着许多故事。

我最早耳熟能详的是双门顶。双门顶在香港路北段，宋代钤司署设于此，钤司署是军事机构，有点像当下军分区。钤司署外门为双门：左称"崇仁"，右叫"怀恩"。由于这里的地势南低北高，双门位于路北，俗称"双门顶"。如今，

"双门"已逝，而这里的两座巨大威严的石牌坊，却如两座沉重无比的门凌空镇着。一座两面的横额分别刻着"尚书"和"探花"，一座刻着"三世宰贰"和"两京扬历"，都是明代建筑。"尚书"坊为漳浦人林士章而立，此人是嘉靖年间的探花，官至南京礼部尚书。"三世宰贰"坊为龙溪人蒋孟育和他的父亲蒋玉山及祖父蒋相三人而树，蒋孟育是万历年间的进士，曾任南京吏部右侍郎，在漳州结"玄云诗社"，是"玄云七子"之一。这两座石牌坊为什么会立在这里，当然与这里是城市的中轴线有关，进城的人首先得瞻仰它们，感受它们。这种效果在我身上也有所应验。上中学时，我天天早上要从它们底下经过，每回都要强制受到一回训导，觉得牌坊受赐人了不起，心里有小小的波动。但是"成名成家"的思想是要不得的，这是我们当年受到的教育，因此心里有时又会纠结。只是这种波动和纠结很快会归于平静，因为年幼，还因为单纯。当年每日从这里走过，两边临街门面里的客厅陈设也熟稔于心，多是有张供桌，上头敬奉着神明，有的置有神龛，有的是一张神像，香炉似乎是都有的。那时旧居的扇门两旁都是可以拆卸的厚重的木板墙，没有窗户，又隔着骑楼下人行道的距离，客厅的光线有点暗，但是那些东西还是能看得清楚。后来有一天，我有一个发现，那些神明不见了，换上了新的对联和新的图像，当然打着那时的鲜明语境。我兴奋，为这个新的变化和表达出来的风尚写了一篇作文，得到老师的表扬。如今数十年过去，许多百姓家中重新出现神龛，让人不得不感慨文化的烙印是多么坚韧和顽强，是多么的刻骨铭心。

一个在外乡已是耄耋之年的堂哥许多年前告诉我，在双门顶那个地方有一座极小的伽蓝庙，我多次好奇寻访不得，不知它躲在什么地方。近年政府投巨资修葺香港路北段，伽蓝庙重见天日，原来这座庙只有三平方米，隐身在双门顶边上的打石巷，在骑楼二层的空间，庙前几杆小旗幡成了它现在显眼的标志。这座小到几乎不招人眼目的伽蓝庙怎么会修建在这个地方？街坊邻里都说不清它的来历，以后又有一说是全国最小的，谁能解开这个谜？

现在这段路成了一些拍摄旧时代题材影视片的天然外景，时不时被封路。出现了大牌演员和一些不知能不能上镜头的群众演员依照剧情在这里有声有色地演着戏，那些骑楼的楼体和青石板路，用不着解说就会让人有时空倒错的感觉，演员们想必在镜头前也一下就能进入规定的情景。一个新闻界同行有次采访回来后告诉我，某个一线女影星素颜比化妆更漂亮，说罢啧啧赞赏，让我不禁想起双门顶下"葱管（闽南方言：煤油灯灯罩）西施"的轶事。香港路是条商业街，两旁尽是各式店面。双门顶下有间专门卖煤油灯和煤油灯的玻璃灯罩的小店，女主人是个非常清丽可人的白净女子，因为她美丽，生意也好，不少人专程到此为的是一睹芳容。我那时是个懵懂孩童，虽不谙世事，有时路过见到美人同顾客交易，除了觉得漂亮，仍能感到她的微笑有点勉强，是不是因为电灯渐渐普及，生意也渐渐不好做？20世纪七八十年代，她还在这里，后来就消失了。不久前一个福州朋友到漳州，太太曾住在毗邻的台湾路，他们特意一起到这里寻觅西施丽人，却不得倩影，只能在双门顶下怅怅地徘徊。一日，"葱管西施"又出现，完全看不出已是一个耄耋老人，依然白净。她偶尔坐在临街店面，看着行人，或是想什么，很恬淡。店由她的后代经营，专卖民间结婚的物品，几乎都是红色，如一朵祥云。店移了个地方，开在距双门顶南端不过一二十米的路西处。她的重现，让人感到生活美之常青。

双门顶的尽头就是台湾路，同香港路形成一个丁字路口。台湾路也属历史文化街区，在继香港路北段之后复旧的修葺中，原先的水泥路被挖掉，铺上花岗条石，特意不打磨平整，表面有些坑洼。东起延安南路，西至青年路，都成了这样的路面，大约这样才有老的味道。这里也是商业街，铺面鳞次栉比，老字号的牌匾触目皆是。这段路的建筑不是骑楼样式，既有传统的红瓦双坡顶、挑檐砖木结构，也出现西洋格调的柱式楼房和铸铁窗花,虽然同香港路仅咫尺之隔,却让人明显领略到近代气息。在那些老牌匾中,有一处横列着这么一行字"商务印书馆代理处",这让小时候的我有点惊讶,因为我手中几乎天天使用的《新华字典》就是商务印书馆出版的,稍大后看了一些书,知道了商务印书馆的分量,感觉到这座小城、这条不知名的小街其实还是有些文化的。我在漳州一中读书,放学一出校门就是胜利路,有一拨同学向东走去,很是雄赳赳地对向南行的同学说,我们走胜利路,你们走香港路、台湾路吧。有一度我们都认为台湾和香港是水深火热的地方,所以有些灰溜溜,后来知道南面城区在老漳州是很有地位的,才又昂首阔步回家。

台湾路中段以前称"府口街",路北有一处比较宽敞的豁口,称"始兴北街",这就是府埕,旧时漳州府衙大门前的小广场。府埕北端是现在中山公园的南门,从南门进去就是原来府衙所在地。府埕不足百米,却是漳州有名的地方。曾有相当一段时间,这里是漳州的小吃街,两旁布满各式地方小吃的店铺,似乎永远是食客满满,生意火爆得很。搬回漳州后,有一年春节,我同认识不久的小同学出来玩,在这里吃了一煎蚵仔煎,那个香味、那个边缘酥脆的口感、那个又酸又甜又辣的酱料,至今仍留在记忆中。历任的地方官都会关注到这个地方,两边的旧房子已经拆掉又仿古规范地重建了,如今出现了书吧、有名的手工木偶头、木版年画、漳浦剪纸等等的店面陈设,平添一种安恬的文化气息。清晨,公园南门前的芳华横路,与府埕平行的芳华路,形成一个跳蚤市场,男女们在这里随意挑拣食材,脸上洋溢着居家过日子的满足。

芳华路和台湾路接口处,是鼎鼎有名的"天益寿"药店,这家老字号的药店有一百五十多年的历史,是"中华老字号药店",一直享誉遐迩,甚至海外。其实,在香港路南段,从前也有一家叫"太义方"的药房,同样名声在外,同"天益寿"一南一北呼应。

现在,让我回到香港路南段吧。我老家就

在这地方。这段路仍是老模样,没有修整。旧的骑楼,二层剥落的墙体,各类拼凑的窗户,街面由原来不甚平整的柏油浇成了水泥。蓦然一看,同双门顶形成反差。但是这恐怕才是它真实的样子。这里有一条巷子叫面线巷,给我留下深刻印象。传说里面曾有做面线的作坊,但顾名思义它又的确像一根纤细的面线,巷道窄细窄细的,从香港路的这头穿过去,一直抵达另一头的青年路,巷子很直,一眼看到尽头,因为两头洞穿,光线匀整甚至有层次,显得十分柔和,很是悦目,我每回路过,总会不自觉地看上一眼。

面线巷在路西,我家就在往南几十米的路东。老人说我们家族在太平天国末年的漳州战乱中几乎全部丧于非命,仅曾祖父躲过血光之灾,带着侄子从东闸口逃来这里重新立业,做棉纱生意,有了一个叫"怡瑞"的商号,有过一段很红火的时日。祖父是清末拔贡,赴京朝考后被授广东新会候补知县,曾是杨门的荣耀。父亲十八岁那年东渡日本读书,此时杨家已呈颓相。杨宅是一座典型的"竹竿厝",从街面进去,直筒筒到底,其间有几处厅堂、几处天井。第一进天井后面的厅堂曾有一条长案,墙上挂着牌匾,匾上有两个字"拔元",这是祖父的牌位。可能因数十年香火熏燎,灰蒙蒙的,让我有森然的感觉。这个牌匾不知什么时候起便不知去向。后院是一个大石埕,东北角是一间纺棉纱的作坊,前面是一处平房,这是这个大家庭数十号人的厨房。当然这都是听老人说的,我们搬回来时作坊已是残垣一处。我们家在后院西北角上的楼房,这里还隐着一个小石埕,开了个边门,可以从一条巷子通回到街上。香港路南段是一处低水位的地方,回老家时,南门溪(即九龙江西溪)还没有修筑防洪堤,这里每年都得被洪水淹上几回。洪水从街上没入店面和小巷,大人已提前用各式的桶或盆储了水,然后用木盖将石埕的水井封上,避免脏水灌入,那时尚无自来水,水井的水是要饮用的。第一年看到洪水淹上楼梯,水面浮着不知何处漂来的木桶等杂物,觉得新鲜好玩,兴奋极了。

第二年遇上数十年没有的"六九"大洪水，水差一点就淹上二楼。周围有房子倒塌，传出喊"救命"的声音，才感到害怕。后来大人带我从二楼贯通的回廊和房间，迂回地来到临街窗口，被撑着小船划进来的解放军战士抱上船，逃命出去。这段经历深深刻在脑中。如今老宅多已人去楼空。这里有过兴盛，最终合乎规律地衰落，留下的清寂似乎以默然的姿态在评点着历史。

香港路南端第一个十字路口俗称"南门头"，东西走向的路叫"南市场"和"博爱西路"，这条路就是原来的古城墙，所以地势高。因为几次旧城改造，这里现在已面目全非，出现了耸立在南门溪畔的高大商品楼房。但是这一切没有能全部抹去老城的痕迹，香港路的骑楼如同楔子一样钉在边上。

杨家后院还有一个后门，这个后门对着一条小巷，巷子通往与香港路平行的龙眼营。这个后门少有人用，门外有一片废弃的宅地，有几丛茂盛的竹子，荒凉僻静。我也只是偶尔兴之所至，从这里走去上学。小时候淘气，记得曾经同小朋友在这条人迹罕至的小巷子比赛谁走路撒尿撒得更远。龙眼营是一条十分古老的街，宋朝时称"龙骇瀛"，曾是客栈云集的地方。路的南端有一座通元庙，现在让人们关注这里的多半是这座庙，当然不仅因为庙里的神明，不仅因为庙中主持传承至今的开元拳（开元拳的嫡传弟子曾在中央电视台组织的武林大会五祖拳选拔赛中斩将夺关，晋京决赛），还因为它曾是太平军攻占漳州时，太平天国侍王李世贤召集部下议事的地方，肃杀一时。通元庙每逢祭祀，周边街道骑楼的路柱都会悬插着旗幡，很是风光。龙眼营北端同修文西路成丁字路口，斜对面坐落着大名鼎鼎的文庙。

文庙是全国重点文保单位，始建于宋朝。我认识它时，整座庙宇建筑都属小学校堂，叫"西桥中心小学"，巍峨庄严的大成殿是教师们的办公厅，我就插班在这所小学读了将近六年时间。文庙大门前两旁分别有一座牌坊，牌坊上都镌镂着四个字，西边的是"道冠古今"，东边的是"德配天地"。然而它们是从右到左排列的，而我们的阅读习惯是从左到右，于是我总是将它们读成"今古冠道"和"地天配德"。每天进出校门都要看到这八个字，不知道在心中读了多少遍，仍百思不得其解，也没找老师问问，这成了我小学的一个心结。终于有一天豁然开朗，原来这是对孔圣人的褒赞。会不会是由于孔圣人的庇护，我后来考上了漳州一中？这是一所很多人向往的重点中学。孔庙许多角落都留下我的记忆。学校有一千多学生，有四个少先大队，童年时瘦小的我幸运地当过这所小学少先队的负责人。当时少先队总部设在大成殿西头的廊房，大成殿前有六根粗大的石廊柱，柱上雕着活灵活现的龙，我们每回出入队部，总喜欢摸摸门前的龙，因此攀在石柱上的龙头显得油光滑亮。如今学校已迁出，这里几乎成了到漳州城旅游的客人一定要到的地方，因为大陆完整的文庙已所剩无几。

后来我有个机会到一座大城市读了几年书，回到漳州后，走在香港路，一时有些不适，觉得这算是街道？这么短小和狭窄，顶多是条胡同。但是这种感觉很快被一只无形的手拂拭得干干净净，这里的楼屋门窗、行人和空气，早已和我融为一体。

漳州已成了国家级历史文化名城。现在双门顶底下的一个介绍香港路的牌匾，提到了父亲，说此街有现代作家杨骚故居。他当年流落南洋，在海外办报时，写的文章多用"北溪"（即九龙江）和"丰山"（近郊祖籍地）笔名。迢迢千里万里，是不是乡愁呢？

回国时，他准备专心写作，曾想在南门溪畔租一房子居住，都已经让在漳州的养女，就是我的堂姐红豆帮助寻找，后来因多种原因，留在了广州。这里，其实埋葬着他的梦想。

当我开始写关于明清老街的文字时，想到了以上的那些，不禁喉堵。

有一位著名歌手的一首歌曲曾深深打动过我，我用这首风行的歌曲里的一段歌词，结束这篇文章："……在这儿有太多让我眷恋的东西／我在这里欢笑／我在这里哭泣／我在这里活着／也在这儿

死去 / 我在这里祈祷 / 我在这里迷惘 / 我在这里寻找 / 也在这儿失去 。"这首歌的歌名叫《北京，北京》，很神圣。我将歌名改成《漳州，漳州》，一样神圣！

一条中山路,原是一棵树

魏长希

"东西双古塔,南北一条街。"这是董必武先生视察泉州城时发出的感慨,那时还是个离战争并不遥远的年代,泉州尚属"前线",投资项目不多,泉州城的面积不过十平方千米左右,相比今日之泉州,确实是"南北一条街"能够描述的。这"一条街"指的就是中山路。

全国各地有很多中山路,但在泉州,它却有非凡的意义。泉州作为历史文化名城,上千年的名胜也是不少的,至于几百年历史的名胜古迹则算得上寻常了。20世纪20年代才建设的中山路,怎么能在泉州城中脱颖而出,名扬海内外,成为泉州城中独特的一角呢?那就得我们亲身走走看了。

一条中山路，原是一棵树

自顺济桥处，从南向北步入中山路，首先映入你眼帘的宏大建筑肯定是天后宫了，鼎盛的香火，来往不绝的香客和游客，门庭若市。

一进天后宫，就先到了宫内戏台处，戏台位置较高，站在此处稍微环视，山门、东西阙楼、戏台、正殿，及东西廊庑便整齐对称地出现在我们的视线中，脑海中不自觉就能形成一幅建筑平面图，平面图上的建筑格局沿着中轴线贯彻着中国式的对称，直如半边建筑在平整的镜面中倒映出镜像。

不只是建筑，宫内的树都是如此，庭院中两棵古榕树，枝干和树叶各自分享着天后宫一半的天空。榕树高大挺拔着，好似天后宫正殿前两位尽责卫戍的勇士。

但若是农历三月廿三前后来到天后宫，只怕你的眼里就自然而然忽视了天后宫建筑群的艺术美了。在这个时候，连空气中都弥漫着的热闹气氛，彰显着沿海民众妈祖信仰的虔诚和热烈。若你运气好，还能遇到进香团的踩境绕街活动，那种锣鼓喧天的火热场景，会让你不自觉地欢快起来,想跟着走下去。

沿海地带的妈祖信仰由来久矣,福建沿海多有商人、水手、渔民等与海洋有着关联的人群,这些人漂泊四海,或人地两生,或前路未卜,心中充满着对生存的忐忑不安。因此,宋朝以来妈祖娘娘就走入了这些人的心中,安抚着他们的心灵,为他们的人生前路指引方向。

虔诚的妈祖信仰催生了世界各地的妈祖庙,泉州的天后宫始建至今已有八百余年的历史。不过,此处被人们称为"天后宫"却只有三百余年。清康熙年间,靖海侯施琅平定台湾后以妈祖"涌潮济师"之名,上书向康熙皇帝请封,皇帝"以将军侯福建水师提督施琅奏,特封天后"。自此,天后宫的名字才开始使用。

连名字都有如此玄机,所以你若在天后宫行走,可得留心,才不会错过一段段精彩的历史。

逛完了天后宫,便顺着中山南路往北走,走到中山南路打头处,便能见着一处上书"真人所居"的小寺庙了。寺庙虽小,名气可大着呢！里边供奉的是在台湾和东南亚都有着崇高地位的"保生大帝"——"大道公"吴夲，此处正是吴夲的三大祖庭之一。

这里既是吴夲的弟子献药转赠患者之所，也是泉州有名的"义诊"之处。过去，花桥慈济宫先后易名"花桥公善堂""花桥善举公所""花桥赠药义诊所"等，至今仍有退休医生到此义诊，为社会服务。

说来也有趣，在神话传说中，妈祖娘娘和保生大帝之间可没少斗法。保生大帝与妈祖娘娘的信仰几乎是同时期开始的，两人都是北宋年间人，妈祖娘娘林默升天成神时不过二十余岁，保生大帝吴夲升天成神时也才三十几岁，都正值青春，未曾嫁娶。相传神一天帝公某日巡视闽南，看到妈祖娘娘林默青春靓丽、保生大帝吴夲英俊儒雅，便有心撮合两人，结果媒人上门林默却不同意，从此相爱不成，反成仇家。

甚至有神话传说，每到三月十五保生大帝生日时，必定会兴起狂风，那是妈祖娘娘为了吹落大道公华丽的冠冕而施法所为。而几天之后便是三月廿三，妈祖的诞辰，这段时间必定会降下一阵暴雨，那是保生大帝为了打湿妈祖面庞的浓妆铅华所为。以如今的气象学解释，那是因为福建沿海农历三月时海洋气流带来的天气影响，但在神话传说中，却是两尊神明的较量了。

　　两尊神明在神话中敌视至此，但短短一条中山南路，路头和路尾却分别供奉着他们，这难道不是件很有意思的事情吗？泉州人在对待信仰上的包容可见一斑。

　　走在中山路上，除了那些历史悠久的文物，两侧的骑楼也定然能吸引你的目光。骑楼洋溢着浓浓的南洋风情，看起来颇有"番邦之物"的风采。

　　走在骑楼下，仔细打量，整齐排列而去的骑楼样式颇为统一：以平屋顶临街，坡屋顶退后，檐口的形式则多为几层线角檐口之上盖绿釉葫芦栏杆女儿墙，颇有西式建筑风格，但又不尽相同。这时若站在骑楼的廊道里放眼望去，你还会发现闽南建筑的红白色彩在这里得到了体现，闽南传统的红砖白石与近代的洋灰、水刷石巧妙结合在一起，调成了泉州中山路特有的颜色。

无论是建筑结构，还是街道色彩，泉州中山路都以自己的方式描述了侨乡的故事。不过骑楼的作用可不只是让人观赏的。在过去的泉州，大型商场尚未出现，中山路可是泉州最大的"商场"了。在南国的春季，降雨量大且频繁，行人走在骑楼的廊道里，骑楼替代了伞的作用；在南国的夏季，酷烈的阳光直射地面，这时骑楼又具有荫蔽功能；到了南国的秋季，台风频繁，骑楼则可使行人免遭楼层落物的伤害。

"南国多雨天，骑楼可避风。"你看，在没有室内商场的过去，中山路是不是理所当然成为逛街的最好去处呢？反正在我孩提时代，最喜欢的事便是和同学们逛这中山路，我的一身行头从衣服到鞋子都是在中山路上买的。那时，中山路上的服装店可引领着小年轻们的衣着时尚呢。

徜徉于中山路上,也别让一街的熙熙攘攘、两侧的店肆林立束缚了你的目光。再往前走,骑楼的南洋风格里,可隐藏着一座座古老的中国建筑呀。

到了中山中路,便能遇见泮宫门楼了,若你对历史足够兴趣,那这便是一场惊喜的相逢。中国风的泮宫门楼与南洋风的骑楼连接成了一片,直如一段近代文章中突然插入一截古诗词,毫不违和。

这时,从泮宫门楼走进,去探探里边天地,便有种从近代步入古代的感觉。泉州府文庙历史悠久,乃是北宋太平兴国初年迁建的,经历代重修方成如今模样。在文庙广场上游览时,须得小心观察,每一栋古色古香的建筑里,都是一段传承。对了,就连你脚下那略显沧桑的石板也有些典故,据说此地石板有三千条,象征着孔子的三千门人。

当你站在大成殿前,目光越过泮池,是否能见到千年以来的学子陆续走过大成门,匍匐在先贤的智慧前？当你站在大成殿内，耳朵是否聆听到热烈的祈愿？它们是人间最高雅的欲望，点缀了文庙千年的星空。

池畔垂柳依依，庭前古榕垂荫，千年文庙，千年沧桑，儒家文化早已融入中国人思想的血脉里了，在泉州也不例外。

让我们回到中山路上。再往北走，便会走过一系列的小巷，从南到北，依次能经过金鱼巷、庄府巷、花巷、奎霞巷、镇抚巷、通政巷、玉犀巷。这些小巷有着古雅的名字，它们各有各的故事，各有各的传奇，你若有心便可好生摸索，必定能从这些巷子里找到不少有趣的人和事。

如这庄府巷，因宋代少师庄夏府第在此而得名。如今物是人非，庄家祠堂旧地都已变成了泉州酒店所在处，只有庄府巷的名字继续沿用至今，不免令人感慨："昔日王谢堂前燕，飞入寻常百姓家。"

如这金鱼巷，因宋代时福建转运使谢仲规曾在此建宅，年久宅废，他的后裔在原地建造祠堂，造了一块匾，上书"金鱼世第"，因此巷子便被人称为金鱼巷。在这条小巷里，还有泉州华侨公会首任会长蒋以麟的旧宅，当年蒋以麟就是在这条小巷里策划同盟会光复泉州的行动。

再如这通政巷，刚进巷口，便能见到清代四川总督、大理寺少卿苏廷玉的故居。往巷子深处走去，就能见到北京奥运会开幕式上出尽风头的泉州提线木偶剧团的大本营。

……

走过一条条小巷，很快就到了中山路与东西街交会的路口，这里可有一座老泉州人心中的地标建筑——钟楼。每到整点，响起的悠扬钟声便飘荡在老城区的上空。

这老钟楼可算我爷爷辈的事物了，是1934年所建，上半部分是西式风格，下半部分却是四根单薄的水泥柱子，整体看起来高高瘦瘦的。在我眼里，它分明是清癯的老人，几十年如一日尽忠职守、风雨无阻，守护着老城区的传统和坚持，就像西街上坚守着祖传手艺的人们，他们经历沧桑变化的脸颊，总有种历史传承的神圣与自豪。

无论中山路还是东西街，建筑物都不太高，该是城市规划者们的有心之举，有赖于此，老钟楼矗立其中，真站成了一道卓越的风景。但据说这钟楼的建成，还有一段传奇往事。民间传说当时主政泉州的晋江县长张斯麟威逼泉州某医院的一位护士长嫁给驻军旅长沈发藻，护士长不从并自杀以表决心，事件传出后引起泉州社会各界的公愤，泉州社会各界因此联合示威游行，最后逼得张斯麟道歉谢罪，而这钟楼便是赔罪的礼物了。历史的真相我们已难追寻，但钟楼的建成伴随着这样一段故事，似乎更有一番意义，它警醒着人们要坚守世间的公道和正义，彰显着泉州人民勇于抗争强权的精神。

过了钟楼，便到了中山北路了，两侧绵延的骑楼到此也消失了，但我们的中山路之旅可还没结束，中山北路上有着两座历史悠久的城楼，分别是威远楼和泉山门。威远楼底层以石构件为主，中设拱门；第二层则是朱红大柱，雕梁画栋，木构精致，就像城墙上盖了座殿堂。相传威远楼为开闽王王审知创建，历史上几经损毁，现今我们看到的威远楼已是 1986 年重建而成的。

走过中山公园，映入眼帘的，便是风格古朴的泉山门。历史上的泉山门始建于唐天祐三年，在当时被称为"北楼"，是唐末乱世泉州人为抵御盗寇所建，在历史的滚滚洪流中几经损毁。如今的泉山门是按照唐末的规制重建的，单层单檐九脊歇山顶，面阔三开间，进深四架椽，灰瓦青砖，多少能见当年泉山门"万井烟浓"的风采。

对我这个老泉州而言，中山路原该是一棵树，枝繁叶茂的大树，枝干是那些拥有美丽名字的小巷，叶子则是那一处处传承久远的历史遗迹。这棵树是如此包容并蓄，从儒家文庙到民间信仰，从本土寺庙到基督教堂，从古代文物到近代骑楼，从历史名人到寻常百姓，在这棵大树上如此自由地融合在一起，交互存在，共同生存。我常想,在这里长大的泉州人,心里也该长着这样一棵大树吧?不然他们面对这个纷繁的世界何以能如此从容而又热情,不然他们何以将泉州经营成一座历史名城、著名侨乡呢?

中山路,几千米,一走就是千年的风光,多好!

在中山路读懂泉州

郭培明

"小城故事多,充满喜和乐。若是你到小城来,收获特别多。"用邓丽君演唱的歌曲来形容泉州古城,简直就是量身定做。20世纪60年代,国家副主席董必武来到泉州视察,即兴赋诗,留下"东西双古塔,南北一条街"的名句,形象地勾勒出泉州城当时的特点。

人与城,相互塑造,文脉延续不断,沉浸于大街小巷建筑的底层,积淀的是一个城市的原色。在今日千城一面的庞大队伍之外,泉州中山路历史风貌街区令人眼前一亮,顾盼流连。曾经出任泉州旧城保护与整治工作顾问的同济大学阮仪三教授坦言:"泉州古城特点鲜明,遗存好、价值高,但在历史地段、历史街区的城市保护方面还不完善,不少地方只保护几个点,忽视遗存的周围环境。城市中有历史地段、街区,它们在整个历史文化遗产发展过程中,是建设发展的重要内容。中山路整治以后,我对此的看法有了改变。"泉州是座有着千年历史的文化名城,中山路却建设于20年代,与其他城市的街道比较,既没有上海南京路、长沙黄兴路的时尚繁华,也没有哈尔滨中央大街、乌鲁木齐大巴扎的民族风情,既比不上广州北京路、上下九的人流如潮,论街道的宽度、两侧楼房的高度也不如厦门中山路壮观。作为国内屈指可数的著名古建专家,阮仪三教授看中泉州中山路街区的原因是什么?中山路街区声名远扬海内外的秘密何在?中山路上的人文风景,又有哪些至今美丽不退、传奇犹在、魅力长存呢?

站在中山公园高地上的泉山门城楼眺望,历史烟云早已退去,清源名山绿荫苍翠,老城红瓦连绵成片,鸽群照样从旧大厝的屋顶起飞,远处天际线的亮点还是东西塔。宋元时期,作为"海上丝绸之路"的起点，泉州与埃及的亚历山大港齐名，异邦番商云集，南腔北调充耳，特别是靠近晋江出海口的南门聚宝街，也即中山南路周边，简直就是一个国际社区，至今保留着的青龙巷就是当年的金融街，而设于水门巷附近的官方机构市舶司相当于今日的海关。到了明清时期，因为禁海令政策，泉州从高度开放走向被迫封闭，岁月似乎停滞，城建戛然而止，层层叠叠的市井生活影像悄然封存。只是偶尔打开，小城故事便在中山路两侧次第展现，拍案惊奇也好，莞尔一笑也罢，一座城市的名字因之丰富多彩。

大概受到外地城市发展的启发，1921年，泉州成立工务局，开始了拆除旧城墙、开辟大马路的规划，但是民间阻力明显，加上时局动荡，工作进展缓慢。两年后，在知名归侨陈新政、叶青眼的主持下，南门城下至指挥巷口的城墙开始拆除，新街出现，命名"南新马路"。到了1926年，这条街道继续延伸到亭前街、承天巷、威远楼，其中拆毁了南鼓楼、两仪楼，德济门拆下的石条被用来铺公路，泉州城央从此通了汽车。再后来，石条逐渐被水泥代替，两侧的店铺也日益兴旺，过境公路成了繁华的市中心。中山南路的侨光电影院，巍峨的罗马柱依然挺拔，吸引了摄影爱好者的目光，有几人知道，这里当年可是建设福建省第一条民办公路的投资方、赫赫有名的泉安公司的总部所在地？

从北到南，沿着中山路，朝天门—泉山门—谯楼—元妙观—崇阳门—德济门，构成了完整的泉州城市南北中轴线。如果把中山路当作一枝长长的树干，分布左右两侧短短的小巷就是展开的叶片，那些建筑时间比中山路要早几个朝代的知名寺庙、宫殿、祠堂、府第，就这样星罗棋布般散于中山路两侧，形成宗教圣地、官家大宅、富商铺号和公众场所。走南闯北的旅人，见多了规划宏伟、一朝建成的大街，除了被建筑物的庞大、新奇、豪华震惊之外，往往还会产生一种慌张、茫然，甚至无所适从的心理压力，然而泉州中山路不是这样：融合闽南特色与南洋风格，三层上下的低层建筑，穿越街道两边不外十余步，尽管人车混杂，却不至心慌意乱。不管什么日子，小尺度，小空间，小商店，一切似乎与大无缘。骑楼下散步、购物，也无风雨也无晴，平和而悠闲，恬淡而自由，有点逍遥，几分自在，一脸惬意，泉州中山路是地道的市井街道。

"咚咚咚"，倾听钟楼整点的悠扬钟声，是老泉州人的一种精神享受。1934年建造的钟楼，而今成了中山路的一处标志性景观。钟楼体量清瘦，上部有西式味道，四个圆圆的大钟占据了顶层四面墙体的大半，下部是四根水泥柱子，看起来略显单薄，你若是台风天经过这里，会油然而生担忧之心，真替它捏出一把汗，但是它一站就是数十年，并且站成了一条街道的标杆。钟楼街头西望，在一大片老建筑群落中，两座石塔傲然矗立，褐色的身躯显现其岁月的久远。那是全国重点文保单位开元寺，两座名震中外的宋代石塔就是大名鼎鼎的仁寿塔、镇国塔。钟楼与双塔，新与旧，洋与中，隔空凝望,遥相呼应,互为映衬,构成了泉州文化的城市象征。

道路为何而拆容易理解,钟楼为何而建多少有点费思量。原来,当时主政泉州的晋江县长张斯麟威逼泉州一家医院的护士长嫁给驻军旅长沈发藻,护士长坚决不允,最终以自杀表明决心。

事件引发了社会公愤,培元中学、培英女中、黎明高中等名校联合各界发起示威游行强烈声讨。张为了平息事态,通过谈判,答应建造一座钟楼为民谢罪。为什么是钟楼而非其他建筑?是谁出的建议?不得而知,而官府的被迫之举,成就了一个小小的城建奇迹,也算是沿街游行的成果了。现在的街道市声嘈杂,加上报时的现实意义没有了,钟声敲响与否人们似乎也不那么关心了。

不过有一天,老迈的指针慢了三个小时,市民便纷纷给《泉州晚报》记者热线打电话"告状",市政部门急忙抢修并发出了安民告示,可见,中山路钟楼是否安然无恙,多少还影响到市民的日常生活情绪。

让你一步一回头的中山路魔法，是脚下走过的每一步，都可能踏响一段历史传奇，而两侧楼房的背后，貌似幽静平淡，却蕴藏着一座城市独特而精致的文化印迹。

中山北路上的中山公园，是旧城区最大的一处健身休闲场所。歌舞升平的现状，却有着不寻常的过去。泉州民间著名的"七部棺"与中山公园有关。五代泉州刺史留从效的后裔留起春等七人，在明末清初时壮烈殉难，因遗嘱坚持不入清土，七部棺材一直放置于留府埕中，任凭风吹雨打、花开花谢，直到1947年才举行落土安放仪式，立碑合葬于中山公园。这是一段可歌可泣的忠义传奇。抗日战争结束后，公园中央矗立起"黄花岗七十二烈士纪念碑"，形态与广州的原碑相似，碑后的大榕树下，参照杭州西湖岳飞墓前有秦桧跪像做法，设置有汪精卫夫妇跪地石像。这些史迹，连同原提督府假山、唐贞观古墓群土墙遗址等后被拆除，改建为人民体育场，从此，几乎重大的群众性政治活动都与这里有关。

中山北路的代表性建筑叫威远楼。与泉山门相比,威远楼更具有城楼的气势,一层以石构件为主,中设拱门,二层朱红大柱,雕梁画栋,木构精致。凭栏南望,钟楼全景及周边街景一览无余。

威远楼,又名"谯楼",相传为开闽王王审知创建,因火灾焚毁等原因,明正统年间及清康熙、雍正、乾隆时期均有大修;民国初期,北洋军阀孔昭同罚处一位富商重修,后成为北伐军入城后的县党部;抗战时期,抗敌后援会也在此办公。"文革"初期,威远楼被拆毁,现在我们见到的是1986年重建的建筑。每年的"威远楼之夏",各民间剧团在此轮番展演高甲戏、梨园戏、木偶戏等剧目,类似打擂比武,气氛热闹非凡。

威远楼小广场旁新近出现"正金门文化馆"的牌子,有时间的话不妨进去参观,说不定会有收获的。除了自然与人文风光推介,金门的三大特产——菜刀、贡糖和高粱酒,都是送礼赠友的佳品。其中的菜刀，硬度极高，可斩钉截铁，全是利用金门炮战结束后收集的大量弹壳锻制而成，变废为宝，形成产业，也颇有几分"铸剑为犁"的意味。

威远楼边的连理巷是北宋宰相韩琦诞生地。相传时任泉州知府的韩国华结婚多年没有生育。某天，署中攀枝花盛开，韩大喜，婢女连理遵夫人嘱折花送韩，韩认为是好兆头，纳其为妾，不料引来夫人嫉妒，想方设法把连理赶出家门。连理刚走到门外就肚子疼痛，生下韩琦，痛不欲生的她，沉思再三，留下孩子，含着眼泪，削发为尼去了。这条巷子，后人称之为"连理巷"。清末，英国长老会教徒在此巷开办惠世医院，演变到今天，便是在业界很有名气的福建医科大学附属第二医院。惠世医院中西合璧的红砖大楼还在，可惜已列为危房。

泉州虽然偏安一隅，天高皇帝远，却与港台、东南亚相邻，时尚动向领先内地一步。走在中山路上，不时可以看到楼堂的门楣、梁柱上依稀可辨的旧时代的商号匾额。店铺易主，物是人非，新主人自然不知道旧传奇，一切留待历史评说，而更多的故事，水过无痕，消失于老人们的记忆深处。不说水门巷宋代设立市舶司时门庭若市的浮华岁月，不说玉犀巷清代定海总兵李长庚、闽浙总督李庭钰父子的忠烈故事，不说镇抚巷内第二次鸦片战争时期主战派代表、两广总督黄光汉保存完整的故居大宅，不说金鱼巷44号华侨领袖蒋以麟策划同盟会成员参与泉州光复的行动细节，也不说通政巷内北京奥运会开幕式上出尽风头的"中国一绝"泉州提线木偶剧团的大本营，就说说照相馆吧。20年代，中山中路的真宛然、良友、中华，南路的美美、时代，都是知识青年和小康家庭向往的场所。最出名的当是中路的罗克照相馆，洗相技术好，服务态度更是没说的，许多家庭几代人的生日照、毕业照、结婚照、全家福都打上"罗克摄影"的烙印。再说报业，泉州的第一家报纸《新民周报》创办于1915年，社址在中山路打锡巷内。较有影响的《泉州日报》《福建日报》《大众报》《青年导报》《时代晚报》

《晨曦报》分别在中山路奎霞巷、小泉涧巷、通政巷、南岳宫、庄府巷，说中山路为报纸一条街也不为过。值得一提的是中山中路泉山书店的主人黄紫霞。作为知名诗人、画家，黄先生于1932年创办《爱国画报》，1940年创办《一月漫画》，后者以抗战为主题，每期印刷超过万册，远销到四川、贵州等地的抗日前线城市，起到"鼓声与号角"的宣传作用，在中国漫画史上写下光辉一页。

与中山公园大门隔街相望的黎明职业大学，古榕参天如盖，气根紧握大地。许多人不知道，现代文学巨匠巴金与泉州"黎明"有过一段难以割舍的不了情缘。晚年行动不便的巴金，欣然应邀出任黎明大学名誉董事长一职，三次为黎大捐书共计六千多册，其中有自己的著作签名本百余册。民国时期，侨胞捐建的黎明高中曾是中国无政府主义思潮的一个重要据点，一批留学欧美归来、怀抱青春理想的青年精英云集古城，他们中有吴克刚、卫惠林、陈范予、叶非英、陆蠡、郭安仁、王鲁彦、柳絮等后来留名青史的文化人。巴金第一次来到泉州是1930年夏天，南方茂密的榕树、成片的龙眼树、灿烂的阳光、蔚蓝的海面、质朴的民风，深深地吸引了他。1932年、1933年他又两次来此访友。他在黎明发现了平等与爱，感受到信仰可以克服困难，劳动可以创造美好，"仿佛游子回到了慈母的怀中"。就是在泉州，一位少女与一位女教师的两场爱情悲剧，触动了他重又挥洒刚刚宣布封存的大笔，写下中篇小说《春天里的秋天》、散文《南国的子梦》等作品，并为创作《爱情三部曲》奠定了基础。

看到中山中路上古色古香的泮宫门楼，就知道孔庙到了。踱步入内，豁然开朗，广场周边古厝红砖白石，埕中老榕参天蔽日。入夜，民间乐团在明伦堂前风雨无阻地演奏南音古曲，节奏缓慢，韵味悠远，<u>丝丝入耳</u>，常常引来回到"唐山"探亲的老华侨循声寻访。2009年9月，泉州南音被列入联合国非物质文化遗产名录。皓月当空，微风吹拂，品一杯"铁观音"工夫茶，听一曲"八骏马"南音，心平气和，怡然自得，付不付费随你，没有人会在你沉醉之时伸手要钱。这样的夜晚，这样的情景，仿佛时光倒转。

过大牌楼，跨洙泗桥，入大成门，但见方池内水光潋滟，拜庭中倒榕垂荫，殿堂上孔夫子塑像慈祥可亲。以前孔庙前分别建有十余座文化名人祠，现仅存蔡清祠、庄际昌状元祠等两三座。不知是否为了弥补此项缺失，孔庙的两庑已辟为泉州历代名人蜡像及事迹展览馆。

泉州孔庙又称"府文庙"，现址是北宋太平兴国初年迁建的，历代重修，单明朝重修就达三十次之多。那个时期，泉州府产生了五百一十六位进士，占明清两个朝代泉州进士总数的六成，有人因此说是修庙的功劳，客观原因应当是嘉靖、万历年间尚是泉州经济快速发展、社会重文兴教的黄金时代。如果说孔子是儒家文化的开创者，重视教养、延续礼教的孔庙就是其文化内涵的传播场所。府文庙左学（明伦堂）右庙，规模庞大，规制严整，作为中国东南地区现存最大的孔庙建筑群，这里也是明清儒家文化在东南沿海和向东南亚地区传播的最重要基地。

泉州孔庙另一个突出贡献也许是对台湾文化的影响。台湾孔庙几乎都以泉州府文庙为样板,而且建筑取材多来自泉州的沿海地区。台北孔庙的主事者是泉州民间名匠王益顺,他带去家乡的惠安石匠,克隆了泉州风格,所用材料包括泉州花岗岩和青草石,石雕、砖雕、木雕、堆剪、彩绘工艺精湛,一座寺庙如同一座艺术大观园,令人叹为观止。如果你是秋季开学之时来到府文庙,说不定会碰到成群结队的孩子们前来叩拜孔子,每人还可在现场免费领取红蛋一份,家长们希望通过这种仪式化的活动鼓励孩子好好读书,天天向上。这一公益活动经《东南早报》参与主办后影响日盛,近年已成了一道传统文化教育的美丽风景。

中山南路街区德济门遗址旁的李贽故居,距离金碧辉煌的天后宫只有数十步之遥。故居有前后两落,中为天井,门庭狭小,装饰简朴,很不起眼,与李贽的知名度反差极大。但如果纵观李贽的坎坷人生，倒也觉得合于情理。

故居地处万寿路，拐个弯是聚宝街，这里靠近码头，历史上曾是进出口海运货物的集散地。李家可谓身处闹市，虽然家族中不乏商贾大户，但至李贽降生，家道已经破落。李贽二十六岁之前生活于此，没有经商发大财，却满脑子异想天开。他思想的核心就是提倡独立思考，主张解放思想，这在宗法制度严格控制思想的明代简直振聋发聩。

李贽是一位先知先觉者，其超越于时代的观点学说必然被统治者认定为异端邪说，其孤高个性、独立意识与世俗距离过大，他的《焚书》《续焚书》《藏书》《续藏书》《童心说》被禁被毁应是可以预期的。"狂狷"李贽喊出男女平等和婚姻自由的口号，甚至招收女弟子，坚决反对宋儒道学，认为人人可以成佛，无须专供孔子，这种与周敦颐、朱熹对着干的惊世骇俗之论，"开古今未开之眼""寒伪学之心胆"，连他的族人都无法接受。李贽虽思乡心切，却一直云游八方，到处漂泊，四海为家，直到七十六岁时于狱中自刎而死，尸骨亡魂也没有再回到老家。倘若地下有灵，知道他的许多观点成为推进今日文化发展的动力，老人家当会含笑于九泉的。

有人说，泉州是神垂爱的地方。

中山中路与南路的界线是涂门街和涂山街，在涂门短短的数百米街道中，崇尚儒学的府文庙、伊斯兰教徒的圣殿清净寺、道释合一的关岳寺比肩而立，相安无事。与关岳庙一墙之隔的，竟是出使、生活、逝世于泉州的锡兰（今斯里兰卡）王子故居。1997年12月，联合国教科文组织"丝绸之路综合研究"项目协调员迪安博士一行到达泉州时对"宗教博物馆"现象大为惊叹。迪安在接受笔者的采访时感慨地说，联合国的宗旨不外是不同民族、不同宗教可以和平共处、和谐发展，而这一点，早在古代的泉州，就已经出现了。历史上的泉州，最多时有十余种宗教共存，包括有摩尼教、婆罗门教、犹太教等，这在中国的诸多城市中，绝对是个异类。

中山南路打头的建筑是座叫"花桥慈济宫"

的古庙，门楣上的石刻是明代泉籍书法大家张瑞图手写的"真人所居"四个大字。寺庙不大，名气不小，这就是今天在台湾同胞和东南亚华人中有着崇高地位的"保生大帝""大道公"吴夲的三大祖庭之一。吴夲祖籍泉州安溪，宋太平兴国四年出生于同安白礁。他长大后立志为民，披星戴月，穿山越岭，结茅为舍，采药治病，拯救黎民无数，五十八岁那年在深山采摘草药时不慎跌落悬崖身亡。《泉州府志》等史书对其事迹均有记载，说他"无问贵贱，悉为视疗""以济世救物为念，而义不取人一钱"。多次来过泉州的台湾海峡两岸和平促进会会长郭俊次参观后感慨道，他的先祖当年就是手捧保生大帝神位，追随乡亲郑成功，横渡台湾海峡，到达台南安平港，最终定居于学甲镇，至今已经十三代了。郭先生身为学甲慈济宫的顾问，受保生大帝精神感染，热心参与社会公益活动。

传说，吴真人羽化后，其弟子即献药花桥慈济宫，由庙祝转赠患者。至清光绪四年，泉州缙绅商家倡议创立泉郡施药局，历代先后易名"花桥公善堂""花桥善举公所""花桥赠药义诊所"等。赠药之外的"义诊"开始于抗日战争时期，1985年起采用中西医结合医师轮流坐堂，多位退休名医主动报名来此服务。

慈济善举历经九百多个春秋，自泉郡施药局成立的清光绪四年算起，至今也有百余年了，比清光绪二十二年成立的号称"世界第一"的英国伦敦"组织慈善救济抵制行乞协会"还早十八年哪。济世惠民、薪火不断的慈济精神，也是海峡两岸人民密切往来的一条重要纽带。

中山南路最具代表性的景点也许是供奉妈祖的天后宫。正殿为重檐歇山式屋顶，抬梁式木构架。其他建筑为寝殿、东西廊和梳妆楼，面壁严整，规模宏大。近年发现正殿龛后照壁绘有的清道光年间湄洲岛胜景的大型壁画尤为珍贵。妈祖姓林名默，原籍莆田。传说北宋建隆元年农历三月廿三妈祖诞生之时，当地村民看到一颗流星从西北天空滑落，海边的礁石被照得通红，天象异常。果然，林默聪慧异于常人，五岁可诵《观音经》，十五岁为村民治病，十七岁立定拯救海上遇险之人为己任，后来为救危境中的父兄不幸落水身亡。广大民众认定林默没有殉难，而是羽化成为海峡女神，日日庇护出海渔民的安全。

泉州天妃宫建于宋庆元二年，元代诏封妈祖以祈庇佑，元世祖称赞妈祖为"泉州神女"。明朝郑和第二次下西洋时，特遣使在泉祭拜妈祖。清康熙二十二年，清代泉州人施琅将军平定台湾后，认为妈祖护航始有海战硕果，遂上书康熙请封妈祖为"天后"，从此，天妃宫改称"天后宫"。

跨越海峡的天后宫故事一直延续到现在。以保平安为目的的"乞龟"民俗源于泉州，传到澎湖、台湾等地，本地历经"破四旧"等政治运动后早已失传，近年来，再由澎湖回传泉州。自2007年起，泉澎两地每年联手在泉州天后宫举办"乞龟祈福"仪式，用于堆砌龟造型的"平安米"多达数万斤，活动结束时，立即分发给社会弱势群体，从而使活动染上了救助贫困的义举色彩。

中山路街巷的韵味

林轩鹤

名城有名街。初春,微风轻拂。在泉州中山路上走着,用心感悟名城里的这条名街。

泉州中山路是老城区最著名的街道,始建于20世纪20年代初,当时泉州贤达之士提出拆城辟路,以打破泉州古城长期闭塞的落后局面;1924年,南北大街全线贯通;随后,为了永久纪念孙中山先生,全国各城市的主要街道统一命名为"中山路",泉州这条贯穿城市南北的大街改称"中山路"。中山路长达两千米多,沿街廊柱式骑楼浓缩了南洋式建筑精华,是历史上中西合璧的成功范例,是泉州从古代向现代转折过渡的历史见证。它承载过历代泉州人珍贵的记忆,演绎着许多精彩动人的传奇故事。

中山路上，罗马式钟楼、大上海理发店、原为施琅后花园所在地的基督教堂、花桥慈济宫、秀才读书的泮宫，散发着古城特有的魅力。

而最值得人们探访的是中山路两侧的那些古巷，漫步在古巷间，你总能邂逅一段历史。

这些街巷，走了无数遍，却怎么也走不够。因为那平凡中藏着无数的奇妙故事。

小巷仿佛就是一段浓缩的历史。

阳光和雨露从巷口越墙而入，蝴蝶在这里翻飞，蜜蜂在这里吟唱，风儿把花影撩拨开去，清淡的日子，也就有了许多的韵味。每天清晨，巷口迎着第一缕阳光。大门外卖碗糕豆奶的吆喝声不绝于耳。吃过早饭，上学的上学，上班的上班，匆匆从巷口走过。傍晚，大人们各自做起晚饭。香气徐徐飘出，在巷里萦绕。

在这条叫金鱼巷的小巷里，我寻找那曾经的老电影院。而今巷口的老电影院消失了，这条因影院而出名的金鱼巷也冷清了，刹那间我的心中不免有几分失落……

这个曾经代表泉州文化娱乐中心的小巷，

充满了传奇色彩。40年代,当时政府出资、美国人出技术,在这里建起了一座富有西方建筑风格的电影院。中华人民共和国成立后,这里渐渐热闹起来,一派繁荣的景象。

如今,随着文化娱乐的多元化,老的人民电影院倒闭了,这条街巷渐渐恢复了平静。

向小巷深处走去,小巷子一下子变窄起来,两边变得愈加安静起来。眼前有两座断桥,横跨在巷子上方,一辆自行车驶来,人都得低着头通行。断桥其实是旧时的天桥,但由于桥建得太低,有种把小巷隔断的感觉,所以泉州人也叫它"断桥"。如今,这样的断桥却并不多见,成了独特的风景。最西边的那座断桥,上面盖着瓦片屋顶,像是住有人家。

金鱼巷,一个鲜活的名字,如今寂寥了。

其实古时候金鱼巷叫"金银巷",是一条专门打金饰和银饰的小巷。后来,也许是这一行业从小巷消失得无影无踪,也许是金鱼与金银谐音,金银巷就叫成了"金鱼巷"。

金银也好,金鱼也罢,繁华与喧嚣终成

云烟。

几缕阳光洒落其间,多么恬静安详,甚至蒙眬得如在梦境……如今平静的金鱼巷,倒让人在记忆中回味古城的气息。

状元街的白昼与夜晚,竟然是两种分裂的情调。

白天走过状元街,随处可见牌楼、飞檐、斗拱等闽南特色建筑,红砖白瓦铺就浓厚文化色彩的古街,元妙观、清白源这些古老的文物里散发出古城风韵。状元牌坊上,镌刻着曾从龙、梁克家、庄际昌、吴鲁等历代出自泉州的状元名字,让人忍不住遥望当年的状元街:临街可闻朗朗读书声。

夜幕降下,黑色的浓雾掩盖了一切历史的痕迹,这里似乎不再是承载历史记忆的画廊。酒吧各式的灯亮了,整条街又似完全呈现出一种欧美风格的夜。这里的酒吧一般不大,从门市到酒吧内,从墙壁到地面,都装修得精致而用心。霓虹闪烁,夜里的酒吧散发着迷人的色彩。

状元街由"状元坊"改造而来。据说,历代泉州中进士者有两千八百多人,其中状元就有十人,状元街的第二座牌坊上就记载了其中六位,记录着泉州历史人文的鼎盛。

　　状元街对于泉州人来讲,是一段历史的荣耀,回荡着历史气息的建筑,注解着那段"满街都是圣人"的光彩。

　　很多人选择在夜里来到状元街,在这个充满记忆的古城里,做短暂的心灵的回归。

　　只有到过泉州的人,才能真正拜读到泉州古街巷的神韵。我们年轻的心灵因了这座闽南名城的召唤,走向它的深邃、它的博大、它的神奇,还有那些不老的传说。

　　这是一个让人心中充满美好憧憬的巷子:林立的鲜花店,鲜花缤纷,芬芳四溢。

　　如今真正走进同这座古城一样年代久远的花巷,整条巷子却只有寥寥四五家传统花店。它经历了数代王朝兴衰更替,昔日的繁华早已不见。

　　因元朝统治时期,蒙古兵驻守此巷,花巷

最早的名字叫"蒙古巷",后又因古时泉州一县官南柯一梦的传说得名"梦米果巷",又俗称"卖米果巷"。

而花巷一名,至今不过数百年。泉州女子,历来束发髻喜于簪花。而逢年过节、婚丧嫁娶,花也必不可少。清朝,扎花手工艺渐渐在此落户,出现了王阿城开设的万盛扎花店。花店深受泉州居民喜爱,故得名:花巷。

站在巷子里,脑海中闪现出一幅图景:卖花姑娘或含羞带怯,或风情妖娆,或明朗大方,吆喝声不绝于耳。而过往的女子精致发髻上的鲜花含苞欲放。

相传古时这一带,甚为市井繁华。衣摊鞋店、菜市客栈、名点小吃、说唱讲古、书摊赌摊、卖卜解梦、茶馆酒肆比比皆是。尤以南宋时一浙江商户的龙家木梳店,远近闻名。

如今,昔日花巷的繁荣已不再。然而那些传说和故事,却依然如花,香远益清。

为追寻老人们描述的动人爱情、感人亲情,我来到中山北路福建医科大学附属第二医院大门通往位于县后街后门的连理巷。此巷因人得名,是为了纪念一个母亲——连理。

相传,大宋年间,泉州知府韩国华,年迈无子,甚为苦恼。忽然一夜,韩国华梦中见攀枝花开,后来又见自家夫人令家中婢女连理送一连理枝过来,且枝上开花,心里顿悟,自家香火也许就在这连理身上。

连理虽是婢女,但天生眉清目秀、仪态端庄,韩国华甚是喜欢。而连理敬韩国华为民做了不少好事,也未嫌弃其年老,故两情相悦,孕得一子。韩夫人却心生加害连理之意。连理于临近分娩之时,连夜逃出。路经一小巷,突感腹部阵痛,在一块石头上产下一婴儿,并留一遗书附婴孩身上,欲投水自尽,幸得七里庵尼姑相救,后削发为尼。

连理之子,就是日后为三朝辅相,显赫于北宋朝野的韩琦。当时,小韩琦被追寻而至的韩府管家抱回府中。长大后,韩琦进京赶考,金榜题名,归途中经七里庵,连理母子相认。

如今,附属第二医院大门边上的一块碑石

上，刻着"韩琦出生地"，告诉人们这里曾经演绎过一段感人至深的情感传奇。

连理巷口有一个小宫即为生韩宫，明代名书法家张瑞图曾书写"生韩古地"的匾额，悬于宫门之上，以纪念这段感人的传奇。宫内有一块石头，即是连理生韩琦的石头，这块石头深深地埋进土里，有一米长，传说因浸了千年前的连理生子时的血渍，石头表面是红色的，且遇水洗则越洗越红。谁敢说石头冰冷无情？

走在一条条古巷里，仿佛穿行在一千多年的时光里：脚下的路面曾经走过多少宽袍广袖的才子佳人。这里曾经行人如织吧？那里曾有货郎担着胭脂水粉走过吧？那座小楼曾经是哪个千金小姐的香闺吧？

胭脂巷给人的感觉应该是一条飘溢着胭脂水粉的小巷子，心想着若是倒退千年，那或是夜夜笙歌、莺莺燕燕的烟花之地吧。然而沿着路牌走了进出，两边繁杂的店铺与想象中的红粉香街，有着天壤之别。

胭脂巷紧邻着拓宽改造后繁荣的涂门街和

中山南路。胭脂巷的正名应该是"燕支巷",元朝时同安苏颂第十世孙苏唐舍为避难而迁居泉州,其后人世代安居于此,成为"苏氏一条街",因此被称为"苏氏祖闾"(简称"祖闾苏",古代二十五家为一闾)。祖闾苏的建筑风格融合了阿拉伯和中国的文化,建筑中犹可见青蓝色的窗户,黑漆的大门彰显阿拉伯色彩,而前院后院的格局却又是中式风格。

从苏唐舍起,苏氏接连四代都是异族婚恋,与阿拉伯、蒙古女子通婚,而且连续两代人成了泉州伊斯兰教的长老。所以泉州一直流传着"苏家鼻子"的传奇和"胭脂井"的传说。

传闻苏氏宗祠内有口名为"胭脂"的井,清代古巷遂改名为"胭脂巷"。几百年来,苏氏族人代代相传,在宗祠里长案供桌下有口"胭脂井",其水为胭脂色,也有另一种说法是井中照出的人影为胭脂色。在苏氏的族谱记载中,苏氏宗祠入口处也有一口"胭脂井",常常"烟气氤氲",在乾隆年间曾出现过"氤氲烟气现古井"的奇异景象。

2003年7月8日，苏氏后人在修缮祖祠时，在长桌下发现了传说中的"胭脂井"，井口呈六角形。后来又发现，胭脂古井井中有井，在井底有一口半米多深的小井。

与苏氏长案下的胭脂井一起重见天日的还有位于苏氏宗祠入口处的另一口胭脂井，古井也呈六角形。大家都说井中的水能制成胭脂，据传发现那天也出现了烟气缭绕的景象。

在苏氏古民居侧房，还发现了另一眼大肚圆口的古井，井壁的上、中、下位置各有一石洞，有人说中洞藏有金菩萨。更让人称奇的是下面的石洞，宽可进人，据说从这里还可直通新桥码头。

在泉州市区中山北路附近，有条因明朝抗倭名将俞大猷府第"都督第"命名的巷子，旁边一片是当年俞都督的模范兵营，现在依然叫作"模范巷"。这条可经"县后街"（因位于古时县署的后面而得名）直通东街的巷子末端，有一座寻常的小宫庙——"白耇庙"。

白耇庙门前一对有些年头的石鼓，用水泥

固定在庙前。不大的庙，奇怪地供奉着一尊怪异的白狗塑像。几百年来，也无人能说得清原因，只是长年香火缭绕。

直到20世纪末，在泉州发现了"世家坑"和涂门街的"世家古厝"，才知道白耇庙的来历。明代有位来自锡兰（今斯里兰卡）的王子，到中原来朝贡，回家途中得悉国内发生宫廷政变，遂滞留泉州。自此复国无望的王子，定居于泉州，他的子孙取了一个中国的姓氏"世"字。

经有关专家对世家历史的研究考证，才知道这白耇庙的来历：一条白狗因救过王子一命，死后被世家人建庙祭祀，庙取了个文雅的名字"白耇庙"。随着历史的变迁，世家人纷纷搬离了这里，但是白耇庙却留下了一段历史。

泉州，充满着古色古香的味道，就是这股味道，深深地吸引着人们。那些红墙白瓦砌成的低矮民房，那门口弯着腰、驼着背，仍在井边颤巍巍打水的老婆婆，还有匆匆而过的三轮车工，这一道道市井的风景，诉说着生活中的点滴琐事。

中山中路北面右边是著名的涂门街。这短短的一条小街,竟能将这座城市的历史,作如此精致的收藏,让人从中读到泉州人文精神的精髓。

从东观西台到温陵路才一千米的涂门街,排列着清净寺、泉州府文庙、关岳庙、祖闾苏、世家大厝、棋盘园、状元第、东鲁巷、三十二间巷等十几处文化遗存。我们翻阅这些精美的收藏,与历史老人一道数说着古城的荣光。

关岳庙前,"刣狮"正酣,拽拳踢腿,闪展腾挪,进退快速,动作矫健,一时龙腾虎跃。"刣狮"是宋江武狮阵的俗称,主要由绕阵、武术表演与杀狮三部分组成。它既是民间舞蹈,又是一种武艺活动,阵容雄伟,技艺高超,具有浓郁的地方特色。

过了洙泗桥,是府文庙广场。广场左侧是两层阁楼式的泮宫古迹,廊柱上挂着一副楹联:"海国闽疆东南重镇,典章文物邹鲁遗风"。

夜幕降临,月上树梢,府文庙广场,欢歌笑语。高甲戏《连升三级》如一颗南海明珠,闪亮名城。老人们在舞台边一起咿咿呀呀地跟唱着戏文,已成为一道风景,那是他们最快乐的时光。鼓乐悠扬,另一舞台上青衣花旦正唱梨园戏《陈三五娘》,一个流传在闽粤之间的古代爱情故事,在梨园戏里楚楚动人。观众凝睇沉思,一段晶莹的往事,在他们的眼眸中闪动。

去水门巷,许多人是为了吃。在美食街建起来以前,这里有着"泉州小吃一条街"的美称。

还没进水门街,便闻到巷子里飘来的肉香。水门巷狗肉店闻名遐迩,以温补著长,做法是加进桂皮、当归等中药,以及春生堂酒、二锅头酒等。

除狗肉外,这里的鸭肉、羊肉也很畅销。掌勺大厨在炖肉时,加入中药川芎、南姜和橘皮,佐以泉州春生堂酒和咖喱粉。这一配方不仅适于炖鹅肉、狗肉、羊肉,也适于炖鸡肉、鸭肉。当然,这里外酥里嫩、甜咸各异的炸枣,放了蟹脚熬炖而成的水工面线糊,也是人们钟爱的美食。

其实更早的时候，水门巷是以竹器出名的。而今这里却成了地地道道的美食街。

有人说，想要了解一座城市，就要走遍她的街和巷。

泉州这座有着悠久历史的城市，沉浮与坎坷，荆棘与繁荣，连同昨日的烟尘，连同街巷的风情，深深地根植在城市的心灵深处。中山路两侧街巷深处浪漫的爱情、神奇的传闻、动听的民谣，至今还在低吟浅唱。

因为中山路的这些古街巷，这千年古城，远不是一次旅行的记忆。

打橄榄

林继中

回味

生命只是个过程,不可累计,不管你是活几年还是几十年,总和都一样:是个零。然而,飞驰而过的生命有时又会在大地的某处擦出火花,照亮你的记忆。

多年前一个夜晚,我同友人撑一把伞,在闽江边某段路上徘徊,为的是寻一家小酒店。后来终于弄明白,那店已征迁。江涛将夜色磨得更浓,我们就近找了另一家小店落座,温一壶老酒,算是温了一回旧梦。

那,还是饥肠辘辘的岁月。我们这些穷大学生偶有几个钱,便会三五成群结伴来小酒家轰饮。常点的菜,是当地常见的酸辣汤和猪头皮。店里腾腾的热气裹着嬉闹声,使一切变得蒙眬,好似安徒生童话里卖火柴的小女孩又划亮了一支神奇的火柴。此际出得门来,星光似细雨洒在身上,心中又氤氲着新的幻想。我于是品味到青春。

无独有偶,我的一位挚友也在他的一本书的后记里写道:"漫长的冬夜,为了抗住寒冷,读书熬夜,也是为了抹掉三月不知肉味的耻辱,我们从市场上买回鸡皮熬汤,喝得浑身冒汗,也喝出了眼泪……"这是他读研究生时特有的"辛酸的大欢乐"。

生命,总喜欢在艰难处打个结,加上着重号。我们欣赏大树的奇疤错节,不就是欣赏所表现的生命的顽强?老战士凭吊古战场,老知青回"知青点",老革命回破窑洞,莫不如是!莫不如是!

生命只是个过程,好比饮茶,只有细细地品,方能尽其意味。并不是人人都有一部传奇,其实我们拥有的只是平凡。盐,溶于水;生命,溶于生活。哪怕是最平凡不过的生活,也能品出生命的甘醇。

我有个叔叔,是个老实巴交、长年在贫穷里打滚的农民。就在那改革春风乍起之际,他独自荷锄上山,就住在山上。每次进城来家,他总是有滋有味地说起他那片新开垦的荔枝园,再三邀请我们去看看。终于,有一年清明,我们上山去看他的"家"——自己用断砖瓦搭起的方丈小屋。里头只有一张竹床,一个烧柴的土灶和一些饭锅茶铛。可屋外的确是春光烂漫:牵牛花漫过屋顶,屋前屋后,花竹迷离。只是老叔已经过世,我们这是来为他扫墓的。看着这满山花果,眼前又浮现老叔那张美滋滋的笑脸。有谁比他更懂得品尝生活?

我于是恍然有悟:"诗意地居住在大地上",那诗意,不在小桥流水,不在画阁回廊,不在春雨楼头,不在红杏枝上;它就在你的舌尖——对生活的回味。唐时的郑綮曾意味深长地说:"诗思在灞桥风雪中驴子背上。"

此话不假。君不见天才诗人李贺,常骑着

毛驴，让书童背着锦囊四处去觅诗？其实他哪里是在觅诗，他是在品味他那短短的二十七年的生命！"天若有情天亦老"，他品味了人间的大悲欣。最能传此神者，莫过徐文长的《驴背行吟图》。那毛驴儿的蹄，打着轻快的节拍，骑驴人正沉浸在他所经历的酸甜苦辣之中。诗意，从唇边向四周荡漾开来……

心的记忆

即使是金字塔，也会在风沙的磨砺下萎缩。但有些记忆，却会像白杨树上刻着的字，在岁月的流逝中变大。

我，站在聚源中学的废墟上。

一张张无邪的笑脸，飘忽在眼前……

我没带来花圈，只带来一头白发。

脚下忽然感到软绵——是个破碎的书包。顿时，雷电交加，泥石翻滚，杂着撕心裂肺的尖叫！心，像铅块猛然坠下……

我彷徨四顾，却风和日丽阒然无一丝声响。

我也是个老师，从教多年。但我却愧不能

像你们的老师一样，用肩顶起水泥钢筋，为你们争一寸生存空间！

我，也是个父亲、爷爷，却愧不能像那些同时遭难的家长，在生命之火熄灭的一瞬，为孩子留下伴随终生的爱。

"观海无言。"面对剧痛，欲哭无泪，欲语无言。

时间的抹布抹不掉你们的笑脸，"希望工程"该刻骨铭心地记住——质量！

我拾起一块水泥板的碎片。

别了，孩子们！我轻轻地将东海的涛声铺在你们的灵前，让它用潮汐的节拍拍着你们长眠，遥远的东海边上，一位老人将你们永远挂牵……

问茶

听说清明节前出的茶叫"明前茶"，是经冬发的芽儿，最上乘了。这会儿来杭州，适逢其时，便请东道主带我往龙井问茶去。

一路车分春色，桃红柳绿在清风中淡然欲

散，不觉已到翁家山。村里小楼高下错落，临街人家都摆开又大又深的电炒锅，茶农们边招呼过客，边用戴上白手套的巴掌压抚、翻转着锅底那些新采的嫩芽。据主人说，这村里的茶是被指定为送国宾馆用的礼品茶，连英国女王都品尝过她家的茶哩！

不久，每人面前便有了一个明净的杯子。大壶开水高高冲下，茶叶在杯中升腾着，那样子也还是挺好看的。泡了一会儿，浮面上那泛着鹅黄嫩绿的茶芽开始陆续降下杯底，像伞兵似的。这时我体会到用高深玻璃杯的妙处，也才品出张岱在《陶庵梦忆》中写雪兰茶那段文字的韵味儿来，"百茎素兰同雪涛并泻"，真真是写出了色，还写出了香。只可惜明代杭州人还没用上玻璃杯，所以茶芽沉底的妙趣也就难得体会了。

辞别了好客的茶农，来到乾隆帝饮茶处。大概就因为"龙"来饮过，所以叫"龙井"。泉颇清洌，也有雅致的茶馆，有对联曰："泉从石出情宜洌，茶自峰生味更圆"。

的确，好茶味还得有好泉水、好景色相配才够味儿。我不由记起多年前在武夷山水帘洞品茶。丹崖千尺，一泉自崖顶翻然而下，在山风中一半飏为烟、为雾，剩几分拂过人面，悠悠地洒进洞前深处那半亩石塘。我就坐在距洞不远的山路旁用刚砍下的小松木搭成的"茶馆"里喝"小红袍"。岩茶与绿茶自然韵味不同，但彼时与此地，情调却相近。窃以为"情调"二字当在好泉、好景之上。

我看过杭州一处"茶道"表演，焚了香，用台湾泡乌龙茶的茶具泡绿茶，还仿日本女人那样扭捏了一番。茶是宋代就传往日本的，其"茶道"早就日本化了，甭想再泡出中国情调来。其实呢，无论雅俗，无论红茶绿茶，要紧的还在情调。素瓷玉盏，山光水色，还不是求个好氛围？我又勾起对闽南"海饮"之思。

在吾乡漳州东南角，有个东山岛，堪称东海上的"夏威夷"：匀圆如珠的沙，翻银滚玉的潮，还有肥厚的云、蓝宝石般的天。酷暑骄阳刚沉下海去，铜陵镇海滩上便渐渐热闹起来。

就像雨后草原突突冒出的一片蘑菇，沙滩上刹那间就摆开数百张小桌子，每张桌子都配上一套工夫茶的茶具。随着客人的涌入，一盏盏烛灯亮了，沿岸逶迤，与垂在夜幕下的星星远接，交辉互映，怪不得此滩就叫"星星点灯"！亲朋远客，旧友新知，或三或五，"浴乎沂，风乎舞雩"，在习习的海风中消暑品茶闲话。等附近海面的钓船一归岸，茶摊的主人们与好奇的观光客便一哄而上，拎回刚打来的"小卷仔"（鱿鱼），或烧或烤，由店家制成茶点助兴。这时沙滩气氛达到高潮，灯光笑语涛声茶韵，斯时大俗之雅，恐怕只有海南人吃火锅约略可媲美焉。

看来，品性淡然的茶，也能引发酒一般的豪情。

青藤书屋话青藤

你只要在绍兴地面上的小街深巷荒陵野亭随处逛上一逛，就会领略到什么叫"南方之强"。这里有成批成批的名人，比一窝惊飞的黄蜂还要闹。咱们还是选一个僻静的去处看看。

青藤书屋就掩映在山光水色小桥深巷中，主人是明代三才子之一的徐渭，字文长，号青藤道士，又号天池山人。

深巷的深幽是明摆着的，跟百步开外的酒绿灯红恍如隔世。参观者三三两两，疏疏落落。进门是个院落，几竿瘦竹，几株芭蕉，将你引到一扇洞门，劈面是一棚绿毵毵的青藤和一方黑黝黝的水池。主人有记曰："予卜居山阴县治南观巷西里，即幼年读书处也。手植藤一本于天池之傍，颜其居曰'青藤书屋'，自号青藤道士，题曰'漱藤阿'。藤下天池方十尺，通泉，深不可测，水旱不涸，若有神异，额曰：'天汉分源'。"

记中说，当时园中有书楼曰"孕山舫"，舫左有斗室"柿叶居"，其后为"樱桃馆"，还有"酬字堂"，此记题为《青藤书屋八景图记》，似乎要比现存一室一厅的规模大得多。不过，对文人的话也不必太认真，徐文长在《题青藤书屋图》又说是"几间东倒西歪屋，一个南腔北调人"。我看这般情景与同郡陶望龄《徐文长传》

云其晚年"帱莞破弊，不能再易，至藉稿寝"的处境更相符。

有人说，徐文长的悲剧就在一个"狂"字上，你想，以他多方面的才能，只要随和点，何至于此？他在书画方面的成就，连郑板桥都佩服得五体投地，曾镌一印曰："徐青藤门下走狗郑燮"。至于文学史上的成就，只需引汤显祖一语可知："《四声猿》乃词坛飞将，辄为之演唱数通，安得生致文长，自拔其舌！"徐氏多方面的才能，周亮工曾评为"俱无第二"，全是第一。能得其一枝一节，在当今人才市场上推出，弄个什么"特聘"，想必没问题。即使在当年，也并非无人问津，陶《传》云："及老贫甚，鬻手自给。然人操金请诗文书绘者，值其稍裕，即百方不得，遇窘时乃肯为之。"这大概就是"没有经济头脑"的结果。然而，徐青藤自有其操守。他的"狂"与凡·高那纯生理病态的"狂"并不一样，虽然引锥剚耳，以椎击肾囊，行为颇相似。陶《传》曾记其病因："然性纵诞，而所与处者颇引礼法，久之，心不乐，时大言曰：'吾杀人当死，颈一茹刃耳，今乃碎磔吾肉！'遂病发。"他把封建礼法视同凌迟之死，不可忍受。于是，青藤书屋成了他的避难所，在泼墨狂草歌啸吟弄中，别造了一个只属于自己的世界。这个世界不容势利者插足，我于是记起徐青藤的一则逸事：曾有个求字画的人，伺机挤进门来，半个身子都探入了，徐青藤急忙死力抵住门，边推边喊："我不在家！我不在家！"

电视与书

我无疑是个"读者"，但有时也兼任"电视机前的观众朋友"之一。日复一日，相安无事，天下太平。直到某日随手翻翻美国一位评论家罗伯特·休斯写的《新艺术的震撼》，这才震撼于书籍与电视的效果竟有如此大的不同。在这部被西方公众誉为美术界的"第三次浪潮"的书里，休斯指出："我们不会像细看绘画那样地细看电视，也不会像检查中国花瓶那样地检查电视。它的一时鲜明的信息和形象的命运就是经过均衡器倾泻出来。它们像辐射一样——实际上它们就是辐射,是无处不在的。"的确,书就像是一位老友,随时可谈心;电视呢,则"一时鲜明",像肥皂泡美而易逝——即便是反复出现令人不胜其烦的广告形象,也难给人深刻的印象。电视似乎很"民主",你不愿看可以随便换频道。其实呢,你换来换去仍在电视节目中,你始终逃脱不了是"电视机前的观众朋友"。正如休斯所说:"多少亿人每天就这样消磨着时间,他们从这个频道转到那个频道。"它几乎垄断了宣传对象,许多"读者"都易帜为"观众",于是"作者"也纷纷改行为"编导","主持人"也就成了当今凌驾于任何"主编""社长"之上的时代宠儿——你可能不认识总统,却不能不知道热门节目主持人。抗拒是没有用的。知识分子终于有点醒悟了,有一批人开始去适应它、占领它。

书呢,书怎么办?我看会是"有惊无险"。丢了皇位仍不失为贵族。书的恒定性、静止性是电视轰击所不能取代的。你有没有注意到,频频地换频道（须知电视的可选择性是很有限的）会使我们无意间将许多并不协调的形象拼接成"蒙太奇"？这些颠来倒去的画面使我们眩晕，乃至如休斯所说："全社会都学会了以迅速的蒙太奇和并置的方式来假想地体验世界。"这种对形象的随意处置会"把我们从现实本身隔离开，使我们与现实疏远。因为它把一切东西变成一次性消费的景观：灾祸、爱情、战争、肥皂"。

休斯并非在耸人听闻，电视倾泻大量信息的确使人眼花，无形之间使人们对艺术形象不再是那么认真地看待了。"一次性消费"已从餐巾纸、快餐盒、注射器、包装袋泛滥到艺术形象。无疑，这将助长一种只讲短暂行为的价值观。"它（指电视）的部分文化效果是它的形式产生的而不是它的内容产生的。"休斯如是说。这话似乎讲得绝对了些，肤浅、无稽、调侃的内容当然要使人疏远热气腾腾的当今社会现实，不过电视特殊的形式所具有的效果尚未引起我们足够的重视也是个不争的严重事实。如果我们的电视节目创作者能充分注意到这一点,从而精心地制作他们的节目,在大量倾泻的信息中尽力减少随随便便的东西,让大多数制作者、主持人心中树起像"绿色和平部队"保护自然环境不受污染的那份责任心、天职感,那么电视的消极面将大大缩小。还愿"电视机前的观众朋友"也能时而当当"读者",兴许书能帮你静下心将"电子碎片"凝成一个完整的画面。

"适者生存"?

从小听惯"适者生存",所以对它不用说"怀疑",连"怀疑"的念头也未曾起过。题目上的问号是前段读托马斯·哈定诸人所著《文化与进化》时有感而发才安上去的。

该书作者认为,进化的持续在于那些未被高度专化的新物种的产生。其中某些较为泛化的突变种,具有一种新型适应或适应新型环境的潜势。看来,这是两个互相矛盾的命题:物种的进化是为了提高对某环境的适应,但一旦完全适应了,则不复进步,适应性成为一种自我限制。反而是那些尚未专化的、尚未高度适应了的物种，正因其不稳定、易变异而有更好的发展前景，这就叫"潜势"。也就是说，最适应者最不具有潜势，不适应而力求适应者最具潜势。正是在这层意义上，已取得成就的人通常很难再连续取得重大发明创造的成功，原因就在于他们已适应了某个特殊的思维方式，或适应了某种已过时了的文化类型，很难有变异，不能出现飞跃。而年轻人由于不适应、多变异，所以有潜势，往往具有"落伍者的特权"，较少受旧思路、旧文化类型的限制，在变异中取得飞跃，迅速地适应新型环境。

就本质而言，潜势的存在并不在于"年轻"，而在于"不适应而求适应"。明白了这一道理，则中年乃至老年人也可以取得潜势，难怪海涅要说："啊！众神呵，我并不祈祷你们还我青春，我却要你们给我留下那种青春的品德。"

适应与不适应的关系无疑是辩证的。从这一角度看，"这山望见那山高"未必就是坏事。事实上，有志者倒应当有意识地摆脱那令人惬意的适应——舒适，在新的不适应中发挥潜势，以求得更高层次的适应。《艾科卡自传》中就有这样一个自觉者——福特汽车公司成绩斐然的高级职员格林沃尔德。他"在加拉卡斯日子过得挺美"，却放弃了，自愿到濒临破产的克莱斯勒汽车公司去。理由是："他实在不忍放弃克莱斯勒公司提供的让人动心的机会——去拯救一个规模庞大，然而日益衰败的公司。"这就是"自找苦吃"中的乐趣，是潜势法则中最诱人的内核！多扮演几个不同的角色，多在几个不同岗位上露一手，自觉地从原有的适应投入新环境的不适应，闯出新型的适应，这已经是当代人由生存走向存在的新思维方式。

适者只能生存于旧环境之中，不适者却将发挥其潜势而生存于新环境之中。

梅里往事

杨西北

午后,我入住飞来寺附近的一家旅店,这家旅店是新建的,木头结构,很有点风情。我要了二楼一个房间,这里的房间一列并排着,房外是露天木头阳台,有楼梯通到下面。阳台上几张木桌、几只木凳,供客人观景。

对面远处就是梅里雪山,现在云遮雾罩,什么都看不清。几天的旅程,很累人,我拉上窗帘,衣服也不脱,躺在床上。心里有些乱。这家旅店的店名叫什么不好,就叫"梅里往事",仿佛知道我要来住似的。迷糊了几分钟,我还是爬了起来,房间很干净,床单和被子一色雪白,但我来这里不是为了睡觉。

走到楼下,一楼是酒吧,布置典雅。吧台

前有一块留言板，上面贴着各种留言纸片，我凑上前。有写给出行的旅伴的留言，说自己将于某日到达某地，再一起会合，共续旅程云云。这偏远的高原，不是什么地方手机信号都能覆盖，用这种方式联系，别有一番感觉。留言板上更多的纸片是描述对梅里雪山的赞叹和感喟。酒吧一分为二，一大半是提供给品饮的客人，另一小半用矮木栏隔开，那里摆着几张藤沙发，书架上有旅行指南一类的杂志，有音响，可以自己选择想听的曲目，有人在那里的茶几上操作手提电脑。

我点了一杯咖啡，打扮得很清爽的老板娘亲自送来。我们聊起天。原来这家旅店春天才开张，不到一年，客人没断流，有不少老外。但是没有来过单身女人，因此她见到我有些疑惑。我笑笑，问自己想去的地方在哪里。她指指门外说，就在山坡下，很近，现在被小树掩着。还说一般客人来了都会去看看的。我是一般客人吗？眼望门外，突然很想对他说些什么，可是他在很远的对面，中间横着一道大峡谷，对面云在拥挤着,还是什么都看不清楚。门外一片五颜六色的风马旗,正在风中啪啪响动。这响动撞得我很难受。

我穿过不安分又通情达理的风马旗,走向坡下的一条小路。小路藏在树丛里,时时得用手去拨开枝条,但枝条很快又弹回来,扯着羽绒衣,拂着脸,很亲热的样子,莫不是以这种方式迎接远方的客人?小路拐了几个弯,将我引到一个花岗石砌成的小平台,台上有块石碑。看到石碑上的字,我明白就是这里了。

这地方和想象的不太一样,我曾想应当在山头上,碑身突出,远远就可以看见。眼前的这个平台,四周围着低矮的石栏,中央的长方形石碑也低低的,碑身中间镶着一块铜板,铜板上刻着一行名字,又一行名字,他的名字赫然显现。我有些晕眩。

已经十五年了,但是那天早上的情景我还是记得很清楚。本来前一天夜里已话别,电话里他的声音同平时一样,兴奋坚定,略带点无所谓。这种出发大概已属家常便饭,数月之后,无不凯旋。我曾问过其间经历,他总说美极了,一辈子忘不了,似乎在轻松地游历山川。早晨起床,我冒出个念头,到机场送送吧。在机场看到我时,他有些惊讶,但非常高兴。你怎么来啦?他说。不是说那座山没人登过吗?预先祝福一下。我说。他的同伴们羡慕地站在一旁,目光灼灼,我们只握了握手。后来我是多么痛恨我的拘谨。经过安检门后,他还回过头,轻松又漂亮地向我扬扬手臂。

这座碑台的周围蔓生着小树,高高地越出台面,实际上整座碑台被绿色的枝叶围拥着,在山坡上的观景点是看不到的。当年,很多报纸都发了这支中日联合登山队在梅里雪山遇难的消息。我是后来才断断续续了解经过。1991年元月3日22时,他同大本营通了最后一次电话,后来发生了面积达二十五万平方米的特大雪崩,他们在睡袋里,瞬间被吞没,十七名队员无一幸免,据说中方队员都是登山界的精英。他一辈子与大自然亲密交往,人们为了怀念他们修建这座碑台,也在高原山间的树丛里。

他真是同流云飞雪，同格桑花儿，相依相伴了。我注意到台面石栏有几条或披着或绕着的白色哈达，不知是哪些有心人献上的？我俯下身，将嘴唇贴在他的名字上，一道电流传向全身。

  我回到"梅里往事"，在房间前宽敞的阳台上，同所有来这里的旅客一样，守候梅里雪山。我坐在木椅上，比其他人多了一重虔诚。梅里如少女，梅里雪山是不轻易露出容貌的。隔着一道大峡谷的梅里雪山，依然藏在云的后面，云好像从峡谷的底部生出来，不停地漫起，非常缓慢地移动，只能从云层撕开的裂缝处看到局部山体。有时云被扯得十分稀薄，可以看到白色的冰川，这冰川的白色是一种淡白，与雪山炫目的白是不同的，容易同云混淆。眼前的冰川是有名的明永冰川，像一大片白布幔悬垂着，看久了也像一片有光泽的铠甲。由于海拔低，冰川会移动，这些年几次发现他们的遗物甚至遗体被裹携下来，或许是梅里多情或是其他什么缘由。但都没有他的消息。那时他们的营地在海拔五千多米的地方，现在完全被云挡住了。

人们眼巴巴地期盼云能够散开。时常是一片厚厚的云升高后向右边移走,眼看山峰就要露出,却又让左边不声不响涌起的云悄悄续上,让人失望。阳台上有几个摄影的旅人支着三脚架,等了几个小时,有时上前瞄瞄,始终没有按下快门。此时,暮色已经起来。我胸口被堵着。

晚餐后,女老板过来同我聊天,谈得投缘。她说,你从那么远的北京来这里,就住一个晚上,有的人来了七回,还不知道梅里雪山的模样。我说,看到了,是缘分,看不到,就留点希望给以后。话虽这么说,果真抱憾离开,不知我会如何的不甘心。

晚上,已经很迟了还睡不着。我想起在学校时有一次我们一起去爬"鬼见愁"。在京郊"鬼见愁"这座山算是险峻的了,我们离开了通常的爬山道,抄小路攀登顶峰。这小路其实不算路,时常有巨石挡道。每逢此时,他像猴子般从旁边登上,再想办法将我拉上去。他力气足,常常轻轻一提,我就起身了。当然我也是灵巧的,他说是身轻如燕。有时我只是借一下力,蹬两下脚便攀上。山坡上的落叶和野草,像散落的音符,老在眼前浮动,脚步踩在上面,有沙沙声音,有时泥石被蹬落,就有哗啦的响动,这些声响像一段美妙的旋律。我们气咻咻,汗涔涔,心头有凉风吹过,甜丝丝的。在峰顶,有几棵造型奇异的松树,他很喜欢,我为他在树前拍了张照片,背景的松枝展开,像能承载很多重量的翅膀。他说登山这玩意儿能让人痴迷,那时曾想过日后是否真的就干上这一行。这"鬼见愁"的名字不知是怎么叫出来的,他攀过了一些雪峰后,闲聊时我曾问过,他戏道,"鬼见愁"啊,像泥丸。泥丸可以一脚跨过,雪峰最后却将他挽留住了。

我牵挂着明天早晨的天气,起身到阳台,漆黑的天空有星光闪烁,但一会儿就被吞没,于是有些沮丧地回房间。

天还黑着,就被手机叫醒。无论如何,还是要守候,我怀着希望出门。阳台上和下面的空地,已有不少企盼一睹梅里容貌的旅人。夜色一点点褪去,晨光一丝丝溶入,人群里起了骚动,出现阵阵喧哗。云雾正在散去,我寻思着发生了什么事情,却意外地看到,这是一个晴朗的清晨。

我不知如何形容我的心情,没想到会是这么壮美的一幅图景。大峡谷对面的座座雪峰,像被水洗过一般,在蔚蓝色的天幕下极为清晰地呈现出来,主峰卡瓦格博的尖顶攫住我的目光,同时也攫走我的魂魄。在它白皑皑的下面,在明永冰川的上端,就是在那里他倏然消失。雪将一切都覆盖住,茫茫一片。我曾蹚过厚厚的积雪,积雪下面绿色生命可是在等着来年春天雪水的滋润,我不知道他在雪底下如何孕育来年,我当然不相信他从此从我生活中离去。

在主峰卡瓦格博边上,迤连着一座又一座雪峰,这就是吸引着无数人的梅里十三峰,给人的感觉像是浮在天边,他当初不知如何就给迷住了。至今,还没有一个人登上过梅里主峰,尽管它海拔仅六千七百四十米。说梅里如少女,多么熨帖。

梅里十三峰在清晨的静寂中安详地与人们

对视，它要倾诉什么或者我想倾诉什么呢？彼此沉默地交流。这时，人们一阵惊呼。眼前的雪峰突然被染上金红的颜色，通体瞬间金光闪耀。冰雪的矜持与太阳的纵情相撞，梅里展开另一种容貌，这是无可比拟的华美。这是不是神光？我问自己。是。我自己这样回答。他此刻被神光罩着，正迎接我呢！没想到我们是这样相见。我痴痴地望着明永冰川和冰川的上头，你这美丽动人又揪人心肺的梅里。我在细细地描摹他的模样时，金色的光芒消失了。眼前只是银光辉耀的雪峰。

云雾从峡谷中浮起，像棉絮一样一缕接着一缕地升腾，然后成片地涌出，不一会儿工夫，卡瓦格博峰又被遮住了。

告别"梅里往事"时，女老板羡慕地对我说，你有心，梅里有情。汽车启动后，我从窗口望去，风马旗仍在呼呼飘动，藏在云后的梅里转眼就不见了。

一个有凉意的初秋夜晚，在"梅里往事"的酒吧，我听了上面的故事，于是用心记下。

芳踪赤印
汪莉莉

眼前是一本刚刚出版的《漳州八宝印泥名家题赠书画作品集》，朱红色硬皮精装，封面题字烫黑金加局部UV凹凸，很精致。八宝印泥与水仙花、片仔癀合称为"漳州三宝"，许多著名艺术大师的书画作品上，皆可闻到漳州八宝印泥的芳香。趋之若鹜的文人墨客中，有不少名家为漳州八宝印泥题赠书画，一墨一印，相互辉映，成为漳州文化遗产中独具特色的艺术珍藏。

打开画册，记忆中熟悉的味道扑面而来。我在大师们笔酣墨畅、行云流水的墨宝中穿行，刘海粟、尹瘦石、钱君匋、启功、周昌谷……它们既有儒家的坚毅、果敢和进取，也蕴含了老庄的虚淡、散远和沉静闲适，其色、其形，浓淡枯湿、断连辗转，粗细藏露皆变幻无穷，气象万千。虽然年代久远、时光流逝，有些作品已经残破，然而那种笔墨氛围、气息、韵致，依旧氤氲潜浸、渗透纸背。一张空白的宣纸铺展案上时，只是一种物质材料，而书画家提笔落墨点彩于纸上，枯润疾涩的点线，浓淡相宜的色彩，意蕴丰富，意趣幽远。这么多大师齐聚这里，所有的溢美赞誉，却是为了一抹朱红。当一幅墨韵生动的中国书画完成以后，钤上一枚熠熠发光的鲜丽印记，立刻使作品增色生辉、美妙动人。更何况，这一方印迹，还有芳香，更添一种妩媚、一种独特的风情气韵。诗书画印，原本就是中国传统书画的筋骨。"印纸则桃花欲笑，钤朱则墨韵增辉。"两者相得益彰，缺一不可。

1989年11月，时任全国政协副主席、中国文房四宝协会名誉会长方毅视察漳州八宝印泥厂时说"书画作品完成之后盖上印章，就起了画龙点睛的作用，印泥也是一宝呀"，并赠送"八宝生辉"墨宝。

有时候，邂逅某种物件或人，纯属神示。我最初对八宝印泥的记忆，是它的气味。那时我大约五岁。我们家的老屋像个小动物园，无所不能且脾气特好的外公养了一大群鸡、鹅、兔、鸟，甚至还有会追啄我的红裙子的吐绶鸡。而外公最珍爱的，是一只金丝猫。也许因为漂亮所以风流，这只猫每年都要生很多窝猫仔，以至于我们那条街道后来金丝猫成群结队。那天我从幼儿园放学回来，听到了很熟悉的猫仔参差不齐、微弱如丝的叫声。猫妈妈正在一旁享用香喷喷的烤猪肝，这是外公专为给它"坐月子"特制的，从外婆的菜篮子里仅有的几两猪肝里克扣，用瓦片在蜂窝煤炉上烤至焦黑，据说补血补元气。既然母亲无暇顾及儿女们，我自认为有了可乘之机，便蹑手蹑脚靠近猫窝，因为我发现金丝群中有一只黑白相间的小猫！喜新厌旧真是人的天性，看惯了金丝猫，已经视觉疲劳，突然的花猫让我惊喜异常，冲上前去伸手一抓——就在这时，我听到了极其凶狠的"嗷"的一声咆哮，眼前金光一闪，手上立刻一阵剧痛……轮到我惊恐地哭号了。当我在外公的怀里泪眼开始清晰的时候,我看到他正用一支小木片,把一种红色的膏状物往我的手上涂抹,一股奇特的香气扑鼻而来,手上已然冰冰凉凉,不再疼痛。

时至今日,每当想起八宝印泥,我脑海里第一反应,依然是它的气味。科学家研究证明,在所有感觉记忆中,气味感觉最不容易忘记。视觉记忆在几天甚至几小时内就可能淡化,而产生嗅觉和味觉的事物却能令人记忆长久。伦敦大学神经生物学家杰伊·戈特弗里德领导的科研团队经过实验发现,如果一种感觉刺激令人产生某种回忆,那么由其他感觉器官所感知和记忆的场景也会随之显现。这就是记忆系统的美妙之处。

一种气味保存着一段回忆,闻到熟悉的气味就像回到了那个时间点。八宝印泥就这样和外公、金丝猫、花猫仔以及奇异的香味一起永久定格在我的记忆里。此后我时常都能闻到这样的气味,循着香味,我跑进书房时总能看见外公在大脸盆里洗毛笔，接着打开一个印着蓝花的白色瓷罐，用一块四方形的小石头，沾满那种令我销魂的红色膏体，左手掌叠在拿着石头的右手背上，往桌上写着黑字的白纸一角用力一按，立刻，满屋飘香。

可惜好景不长，劫难从天而降。一群戴着红袖章的人闯进家门，翻箱倒柜，连我睡觉的小床，都被翻了个底朝天。许多平时外公不让我碰的书本字画被一堆一捆地搬走。那个白色瓷罐被从二楼扔了下来，摔到天井坚硬的青石板上，在我跟前发出"啪"的巨响，白色瓷片带着红色的膏体四处飞溅……外公写满字的纸张被撕碎扔到天井，黑白碎纸粘上红色膏体，再被数不清的脚踩过，黑红白相混，如同邻家宰鸭的现场，血腥、狼藉。一个孩子美丽的梦想瞬间破灭。

很多年以后，我才知道，这种红色的膏体叫作"八宝印泥"，已经有三百多年的历史了。清康熙年间，漳州的东门街有一家魏氏所开的源丰药材行，专门经营南北药材，还精工炮制丹膏丸散，生意很是兴隆。颇懂文墨、能书会画的老板魏长安先生，用麝香、珍珠、玛瑙、琥珀、珊瑚、猴枣等八样珍稀材料，调以蓖麻油、磦银朱，研制成医治刀伤、烫伤、疯狗咬伤的药品——八宝药膏。这就是八宝印泥的前身。那种定格在我脑海的香味，就是麝香。由于其制作成本昂贵，问津者少，八宝药膏一直鲜为世人知晓。一次偶然的机会，喜好书画的魏先生将八宝药膏作为印泥钤盖在自己制作的书画上，发现其光彩艳丽。魏氏大喜，遂研制改进，将药膏转产为印泥应时上市。

本是救命药，化作文房宝。八宝印泥不仅印色鲜艳，芳香四溢，而且浸水色不褪，火燎痕迹在。尤其是印泥本身，遇寒不凝固，酷暑不出油，蚊虫不敢蛀，这正是书画金石家们朝思暮想的文房珍品。其早在清代即有口皆碑，与寿山印章石并称"双美"。清人邓廷桢《闽中口号》诗有句云："好买寿山新石骨，朱文加蚕印漳泥。"诗中"漳泥"即为漳州印泥。乾隆年间，汀漳龙道尹侯嗣达特地为其店取号"丽华斋"，并将印泥作为贡品送到朝廷，乾隆帝如获珍宝，派员到漳州征调，八宝印泥成为朝廷专供。1915年丽华斋的广告中这样写道："秘制八宝印色在前清康乾之时已驰名都中。凡至京师通人学士、大书画家，莫不器重之。"

这广告用词还真没有夸大。2006年10月21日的《扬子晚报》有这样一篇报道："一盒来自清康熙年间的八宝印泥金泥现身镇江。这盒八宝印泥为长方形青花瓷盒，顶盖及四周均画有水草状花纹，盖子上端'龙头'图案隐约可见。打开盒盖后，一股香味扑鼻。金红色的印泥呈自然堆积状，印泥的边上可见鲜红的油状液体，没有留下印章曾蘸取过印泥的痕迹。据收藏者介绍，这盒八宝印泥是他1994年在上海文物市场花两千两百元淘得。三百年来原封未动，这是第一次开启。经文物收藏专家鉴证，这盒老印泥是古代漳州丽华斋出产的八宝印泥。"文章后面还附了记者拍摄的图片。

一盒已经蒙覆了三百多年光阴的尘迹的印泥，历经三个世纪岁月的磨洗，依旧那么新鲜、亮丽、芳馥。这样一盒印泥，引人无限遐想：岁月的磨洗会一点一滴把许多鲜明的存在化为乌有，但是会有一些不畏惧风霜雪雨的古典依然如故，让几百年甚至几千年的时光留存再现，让人们在面对这些古典的时候，依旧能够寻得旧日的芳踪印迹。历史发展的脉络有时就靠这些古典彰显。这些民俗化的传奇踪迹的留存，比一些诸如朝代更迭的大事还更有长久生命力，更不易被抹去。这些踪迹和脉络，一定会是一个地方民风文化的底蕴。比如，漳州一带书画艺术家人才辈出，在福建省占据领军地位，这种笔墨情怀，是否也与这几百年仍旧完好如新、芳香如故的八宝印泥有着莫大的关联？长久不变意味着被细致地保护着，随着岁月的延伸，不断传承、发展，使历史的过程生动可抚。

据史书记载，印泥的发展已有两千多年的历史。春秋秦汉时代的"印泥"是用黏土搓成泥丸子，临用时用水湿透。为了防止公文和书信泄密或传递过程中的私拆，在写好了的简牍外面加上一块挖有方槽的木块，再用绳子把它们捆在一起，然后把绳结放入方槽内，加上一丸湿泥封上，再用印章钤上印记，作为封检的标记。这种泥丸称为"封泥"，也称为"泥封"。隋唐以后有了纸，封泥迅速退出了历史舞台。人们改用水调朱砂于印面，再印在纸上，这就是印泥的雏形。到明清时期，使用的是由朱砂、油脂和艾绒三者混合在一起制造的油印。印泥配方不同，色泽也有明显之分。好的印泥，红而不躁，沉静雅致，细腻厚重。印在书画上则色彩鲜美而沉着，有立体感，时间愈久，色泽愈艳。质地差的印泥，则显得色泽灰暗或浅薄，有的油迹浸出，使印文模糊。20世纪30年代在上海讲授金石篆刻的现代著名书法家、篆刻家邓散木在《篆刻学》一书中写道："（印泥）佳者以漳州丽华斋为最。"八宝印泥果有极为罕见的珍贵之处。

值得一提的是，书画上这小小一方朱色的印迹，还可以成为书画鉴定的一个重要依据。坊间流传这样一则轶事：画坛泰斗张大千仿石涛之作可谓出神入化，连黄宾虹等国画大师也真假难辨,却因为"印泥颜色不对"而被人识破,足见印泥之于书画的妙用。如果某一名贵古旧字画上印色用八宝印泥,则这幅字画必然出现在清康熙朝代之后,若言出此年代之上限,必为赝品。有诗人曾赋诗以铭其功,诗曰:"八宝印泥,艺术珍品。书画增辉,古玩藏形。药物妙用,天工相成。结思之巧,精美绝伦。"

那一种香气扑鼻的红色印记无法抹去。"文革"中,红卫兵抄家时,摔碎印泥瓷罐,外公书房中大批珍贵的名家书画作品被洗劫一空,但那种刻骨铭心的气味,依旧是梦境行程中的记录,染上一层梦一般的凄美色彩,使藏在幽深中的朱红,把那一段疯狂的历史展示得那么沧桑:工厂停工,原料告罄,时代的印记渗透到八宝印泥的深处,几百年的辉煌一度濒临灭亡。

"八宝印泥是个老字号,如果在我们这一代人手里消失,实在太可惜了。"噩梦过后,老工人、文史专家李竹深老师,鼓励年轻的后生杨锡伟,续写一个老品牌的辉煌。春夏秋冬,

"咚、咚、咚……"杨锡伟捣艾绒时一串有节奏的声音重新响起,不曾间断。在这样的节奏中,印泥的颜色出现了黄、绿、蓝、棕、紫等各种色彩,闪烁着金属光泽的金银书画印泥也成功面世。曾为御用贡品的八宝印泥,也如"旧时王谢堂前燕,飞入寻常百姓家",不仅畅销国内各大中城市,而且远销美国、加拿大、瑞士、日本及东南亚各国。2008年,漳州市八宝印泥及其制作技艺,被列入了国务院公布的第二批国家级非物质文化遗产名录。从普通的销售员到厂长,再到非遗保护项目代表传承人,杨锡伟完成了华丽转身。

老字号焕发新活力。新一代的印泥传承人,又尝试在印泥中加入金箔,使印泥可以在一百二十度高温不出油,零下二十多度不凝结。用这种新一代印泥盖的印章,用手摸起来,有明显的凹凸感,而且,看起来就像是油印的一般,光彩色泽恰到好处。"我们把传统的精华与当代创新结合,走出古代颜色质地的单一,用新的理念、新的材质、新的技巧,丰富印泥内在的生机。"李老师如是说。

从一种文化遗产项目的兴衰,可以感受一座城市的文脉的强弱。漳州青年路242号的八宝印泥厂,在闹市中心,安静执着地伴随着这座千年古城,春秋迭易、四季轮回。倥偬流转的光阴里,几代人的智慧,永不止息的传承和创新,让八宝印泥的赤色印迹,香气四溢,历久弥新。

不凡的水果

于燕青

> 一个地域,一种水果,因为某个人,其宽度与广度就不一样了。
>
> ——题记

柚子

那幅画就贴在通往车间甬道的墙壁上,每一个走进车间的人都能看见。

整体看起来像是印象派的画,占据画面三分之二的是天空的蓝,蓝得很夸张,有点像凡·高《星月夜》里的天空,这样深而凝重的蓝也许是为了渲染"天"的重要,一种敬畏感油然而生。这是一家柚子加工厂。是的,做食品行业的人若没了敬畏感是可怕的。画面的下半部是绿草地，绿草地上有一架跷跷板，跷跷板一头是庞大的犀牛，另一头是一颗蜜柚，一颗蜜柚比一头犀牛更重，犀牛被高高地翘到蓝天上。画上写着："琯溪蜜柚，重在品质。"何况琯溪蜜柚也是值得重视的。

"琯溪"为地名，即今天的漳州平和县小溪镇。琯溪蜜柚就是漳州平和琯溪这个地方种植的柚子。中药材里面有"道地药材"一说，就是最好的出产地，每个地方都有上天独赐的福分，都有最好的出产。按此说法，平和琯溪蜜柚就是道地柚子。琯溪蜜柚早在清朝乾隆时期就是贡品，贡品，那可是皇帝吃的，金口玉食能不出名吗？当地至今保留着当年御赐作为贡品标记及禁令的"西圃信记"的印章和青龙旗。据说古时柚字被称为"抛"，平和抛，就是平和柚子。明朝嘉靖年间《西圃公墓志铭》就有记载："……公事农桑，平生喜园艺，犹喜种抛，枝软垂地，果大如斗，甜蜜可口，闻名遐迩。"西圃公为李氏一世祖居士公的第十八代孙，是当地望族，因这篇文章也被尊为平和琯溪蜜柚之父。

清人施鸿保，浙江人，进士落第出仕无路，于道光二十五年到福建来投亲靠友谋生。他在闽地当幕僚十四年，写下《闽杂记》，其中专为平和琯溪蜜柚辟出一目"平和抛"，他写道："闽果著称荔支外，惟福橘、蜜罗柑。窃以为福橘之次，当推平和抛……"

在古中国，平和亦是荒蛮之地，而柚子这种水果却成了一种媒介，平和与朝廷有了联系，与皇帝有了联系。柚子，如今已经没有那样特殊的使命，昔日皇家贡品，如今已是寻常百姓家普通水果。四月天，我来到这个叫平和的地方，漫山柚树正值盛花期，一条水泥铺就的路凌驾山与山之上。驱车而上，尽享一场视觉与嗅觉的盛宴，阳光现出它的质地，不再是早春那般硬，柔柔地为绿叶中半藏半露的粉白花儿镀上一层光晕，斑斓的光点碎银般跳跃在叶片上。在这里，嗅觉从极度亢奋到极度麻木，柚子花香是如此汹涌、空旷，全被这香淹没。这香似七里香，又似茉莉花香、罗汉果花香，是那种能搅动食欲的香，在五脏六腑里冲撞，搅

/ 不凡的水果 /

缠出从未有过的饿与馋,不能填饱的饿和不能解的馋,内心深处有隐隐的欲望。过了一段时间,我再来看,已经挂果了。那幼小翠绿的花萼有神奇的力量,抓托如此大的果实一直到成熟。那么小的花结出那么大的果,柚树可谓植物界的杂技演员了。那些实沉的果如金黄的满月,这芸香科植物特有的辛烈香气和清冽的酸甜,最能驱使人的意念,让人还未吃进嘴里就已满嘴生津。当地人在中秋节时不仅吃月饼,也喜欢吃柚子。

解放战争时,我父亲跟随部队一路南下作战,打漳州战役时,父亲忽然打起摆子来,病得很重。父亲拒绝战友来照顾他,只身一人躺在床上吃柚子,柚子吃下去感觉好多了,父亲说他就是吃了柚子才好起来的。我没有特意为柚子做宣传,我其实不太信。但父亲真是这么说的。不管信不信,我都应该说一句:"亲爱的柚子!"

香蕉

从市区到天宝约十千米的路程,钢筋水泥

山海之间的记忆

一路式微,现代工业景象在缩小,直至被农业的生态的景象所替代,天宝镇五里沙村就到了。这里南临九龙江,北靠天宝大山,大山将北下寒流阻截于外,江水自在舒缓地流淌着,迂回成一个弧形,一个怀抱的姿势,天宝镇五里沙村像被母亲河伸出的两个手臂温暖地拥抱着。江水体贴细微地滋润着这片土地,肥沃的江水冲积夯实了这块宝地,日照又充足,于是稻香三季、花开四节,水果更是丰盛得很,尤其香蕉在这里得天独厚。天宝本是闽南极普通的乡镇,若不是上天特别垂青,何以这般锦绣。地灵之处出人杰,果然,这里有著名天文学家戴天赛、桥梁专家戴尔,而林语堂更是让天宝成为一个文化符号。

从林语堂纪念馆出来,走在长长的防腐木铺就的栈道上,周围全是绿色的香蕉树,酥润的小雨洒下来,青白的雾气升起来,香蕉树绿得更隆重了,眼睛已经不够用了。因为绿色的蕉园,这里便是秋风秋雨喜煞人了。我从未见过如此规模的香蕉园,好像全世界的香蕉树都

/ 不凡的水果 /

聚集到这里了。阔大的叶片层层叠叠地往远处铺展，有"蕉海"之称，可见其浩壮之势。因了林语堂，蕉海更多了文化的气场。香蕉树在闽南也是极普通的，普通到让我忽略了它的美，扇形若冠的长叶子有些憨，憨得只知道一味地结果子，让人觉得它很功利，不像桃树李树，除了结果子，开花时节还要闪亮登场，摇身成为观景树。现在我才知道香蕉树也能这般养眼，这般壮美。一个地域，一种水果，因为某个人，其宽度与广度就不一样了。因为林语堂，天宝香蕉就多了文化底蕴，就像茅盾之于乌镇，鲁迅之于绍兴，莫言之于山东高密乡。说起红高粱你必然联想到莫言，可见红高粱已不仅仅是一种植物，一种粮食作物了，它也成了一种精神的文化物件，那么，天宝香蕉自然也不仅仅是一种水果了，我想说："红了高粱，绿了香蕉。"

杧果

杧果，在众水果中实在不一般。杧果有

过独特的历史，曾被作为圣果供奉。20世纪五六十年代出生的人应该都记得，毛主席曾把外国朋友赠送的珍贵礼物转送给首都工农毛泽东思想宣传队。一时间，这本来极普通的南国水果，搭载着"热烈欢呼""纵情歌唱""热泪盈眶"这些极煽情的词汇出现于各大报纸。人群沸腾，大街小巷敲锣打鼓、载歌载舞，人们捧着复制的杧果四处游行。我就见过蜡制杧果，据说是按照原物仿制而成的。

我所居住的这个闽南小城很多街道两旁都种满了杧果树，杧果成熟的季节，树上挂满了黄澄澄的果，煞是好看。杧果们在风中嬉笑着，高高在上，睥睨着滚滚红尘里的人与车，好像在说："当年我可风光了，比你们都出名。"杧果是有专人管理的，路边常有人摆了摊现摘现卖，当地的杧果虽然个子不大，外表不好看，但很好吃，比那些台湾的、国外的更受人青睐。要是有人在路边旁若无人地剥了吃，就会飘过一阵沁人心脾的异香，引诱着你不得不停下车，买上几个带回家。我常常是抵不过那果香，遇到了就要买的。还曾经发生过悲剧，就在我家附近的胜利路段，一天晚上，一个杧果从树上掉下来，滚到了路中间，一个小男孩跑去捡这杧果，忽然被一辆驶来的汽车压死了。听见此事的人心中悲戚。

橘子

没有哪种植物能像橘子与文学那么靠近。"后皇嘉树，橘徕服兮。受命不迁，生南国兮"出自屈原的《橘颂》；"橘生淮南则为橘，生于淮北则为枳"出自《晏子春秋·内篇杂下》。这似乎让橘树有了君子般的高尚品格。无独有偶，歌德在论莎士比亚的文学创作时，做这样的比喻："莎士比亚给我们的是银盘装着金橘。"橘子，曾经成为我姥姥声讨我爷爷不够爱我的证据。我的姥姥不知道屈原的诗，只知道橘子好吃。我的爷爷，按现在的话说，很前卫的，六十岁又续了弦。据说，那天爷爷和我的后奶奶在家里享用橘子。橘子，这在今天是司空见惯的水果，即使在北方也很容易吃到。可是在物流不发达的60年代的中国北方乡村,那是只应天上有的仙果呀。多少人只闻其名,未见其面。据说爷爷掰开橘子,一瓣一瓣地塞进我后奶奶的嘴里。我蹲在门槛上,眼馋地看着这一幕。这情景让世上最疼我的人——姥姥流下泪来。她拉起我就赶到村供销社,可是人家供销社的人不卖给我的姥姥,她们说必须是军属才供应两个。

我八岁那年,不肯离开姥姥跟随父母到南方去,临走时父亲急中生智,说福建有很多橘子呢。我说,有很多吗?父亲说,是的,有很多。我就对姥姥说,等我去福建拿到很多橘子就回来。后来我住在出产柑橘的这个地方——漳州,一住四十多年不曾离去,我这凡俗之辈是否也活出了点"受命不迁"的意味。

月港散章

黄燕红

饷馆码头：勇敢的颠覆

"海邑望茫茫，三隅筑女墙。旧会名月港，今已隶清漳。东接诸倭国，南连百粤疆。秋深全不雨，冬尽绝无霜。货物通行旅，赀财聚富商……"以博古通今闻名于世的明代藏书家兼文学家徐𤊹，深感于月港的盛衰浮沉，在《海澄书事·寄曹能始》中进行了全景式文采飞扬的描述，广泛流传至今。

九龙江下游，海澄镇一道美丽的半月形港湾，因形赋名为"月港"，内接双第农场九十九坑的潺潺山涧，外通滚滚海潮，江面开阔。潮汐水浪激情澎湃，吐纳着物阜民丰的殷殷期许，咸水淡水交汇荡漾，带来丰富诱人的鲜美水产。这里曾作为波澜壮阔的历史舞台，水下淹埋着许多身怀故事格外深沉的石头和瓷片。曾有不可胜计的巨额财富，以匪夷所思的速度在这里如云聚散，令人血脉偾张；曾有无数或南柯一梦或血腥惨烈的故事在这里起伏跌宕，又猝然谢幕凋零。

饷馆码头名闻遐迩，现存的五级台阶长六米、宽两米，从容淡泊伸入水中，是月港七个古码头中唯一仍在使用的。据统计，至明末，全世界白银总量的三分之一涌入中国，三分之二贸易与中国有关。月港功莫大焉。

码头附近的大片滩涂，杂草丛生，凝聚光阴的旧瓷片，欲露还藏。裹挟着咸气腥味的风，摇曳着苍苍蒹葭。寥寥现代船只或移动作业，或安然停泊。迎着阳光我眯起眼，仿佛看到四五百年前的饷馆码头。风起云涌，熙来攘往，又高又深的商船风帆遮日，是怪兽般的庞然大物，是经济大舞台当之无愧的主角，满载迷人货物和发财梦想。小驳船穿梭往来帮佣，如跑龙套的伶俐配角，喜气洋洋，忙而不乱。

1426年以前，我国海外贸易几乎由朝廷以"勘合贸易""朝贡贸易"垄断。时移世易，资本主义萌芽兴起，商品经济发展，双轮驱动下，1453年，月港的私人海外贸易潜然而兴。

对民间商人经营外贸，宋元王朝是奖励扶持的。而明朝初年，为避开军阀余党和海盗倭寇的侵扰，明太祖因噎废食、消极应对，下令"海禁"：不许人民与海外通商，后来又演变成寸板不准下海，包括打鱼谋生。东南沿海地区的福州和泉州等港口被关闭。数年海禁，民不聊生。当时荒蛮的月港地界未设县治，统治者的恩宠春风不度玉门关，严苛禁令到此也成强弩之末。曲折漫长的海岸线、复杂隐蔽的港汊和星罗棋布的岛屿，海商们不约而同青眼有加，遂成走私贸易口岸。

公然违抗禁令，月港活跃的民间贸易树大招风，引起朝廷粗暴打压。只是，闽南人传承久远的出海习俗，怎会轻易被扼杀？靠山吃山，靠海人民不准出海，何以为生？《尚书》曰：

"民为邦本，本固邦宁。"饥民与战士只有一步之遥。冒着被抓住后充军甚至斩首的高风险，走私贸易仍不绝如缕。百姓们向死而生，以继续出海、抗纳租税、"聚众通倭"等方式，进行激烈决绝的反抗，展开艰难复杂的斗争。

在反复多次的通盘考虑之后，1567年，政府部分开放洋市，同时软硬兼施，置海澄县以加强管理，建文庙以敦行教化。惊喜的月港合法化为国际商港，大显身手，全速铺开。

应运而生，历劫而亡。籍籍无名的海滨小镇，转身成喧嚣繁华的"土豪"，还攫取了"小苏杭"的美誉。"农贸杂半，走洋如市，朝夕皆海，酬酢皆夷产"，辐射带动之下，周围百业俱兴，迅猛崛起。国外诸多16世纪、17世纪地图，都明确标注月港所在地。其缔造的大帆船贸易和白银时代，在世界贸易史上印迹深深。

1572年，月港在海防大夫主持下开始征收饷税：引税、水饷、陆饷、加增饷，配套制订管理法令与条例。对台湾的"船引"数量和税收，明显放宽倾斜。税务人员躬逢其盛，参与了中国海外贸易史上关税制度的划时代变革！海商们带着银圆和船引，昂首挺胸进出督饷馆，踌躇满志里有响当当的底气支撑。

见多识广的湿风，萧萧刮过面颊，我隔着月溪眺望六个商用码头遗址，它们密集排列在西边不到一千米外的江岸上，各有分工，呼应牵连，映射出当年船只往来的繁忙景象。几株古榕长须飘拂、青绿沉郁，是惯看悲欢离合、秋月春风的淡定神情。

容川码头：强悍与悲悯

商人重利轻别离，未必是因为天性薄情寡义，更是因了艰辛生活的逼迫期许，因了潇洒走一遭，不枉人生数十载宝贵存在的飞翔梦想。提着脑袋纵横国内外的月港海商们，最有发言权。

"士农工商"，约定俗成的明显歧视，不受待见的悠久传统，与商人们出人头地的叛逆渴望，强烈碰撞，消长，刷新，令容川码头内涵深远，饱含海商人文精神的馥郁气息。

容川码头建立最早,既是津渡又是商码,举足轻重。条石埠头甚为阔大,年深日久,人事磋磨,已被淤泥层层覆盖。唯有现存长三十一米、宽三点四米的台阶轮廓,予人辽阔无垠的想象空间。

那些年,北风开始强劲吹送的汛期,满载货物的船舶从月港扬帆起航,经海门,过圭屿,再经厦门出外海,向东洋或西洋豪情进发。在异国他乡售完货物,或满载白银和喜悦,或精心选购畅销产品,于次年或第三年乘南风归航月港,享受富庶满足的华滋生活,秋高气爽时修整船舶,准备再次远航。次第轮回,财货互通有无,一出一进,利润甚至疯狂飙到十倍以上,盆盈钵满的海商们获得了不同于传统意义的功成名就,逐步替代中国历史上的大地主。

容川码头是邑人蔡志发捐资所建,便利民众。这位成功海商又名"蔡容川",慷慨悲悯。有"容"乃大,百"川"到海,温润博雅的名字,或许寄托了长辈对他人生方向的预期,又或许家学渊源深受传统濡染。他的确不负厚望！现存的一百六十余字石碑文，概述了他的生平，既独善其身又敦亲睦族，还尽量兼济天下。在米价大涨的饥荒时期，他把海外载回的两千石大米，平价卖出，广救饥民，被心悦诚服地称为"善人"。郡守李载阳隆而重之送匾额到蔡家，示以官方的表彰旌扬。而富有儒家中庸意味的"容川"二字流传至今，当是他初衷里始料未及的。

三百六十行，行行出状元，行行有本难念的经。生活枯燥，饮食寡淡，密切关注气候，见风使舵，还要提心吊胆，警惕海盗的魅影……远航的艰辛险阻，不是一般人能够耐受的。

这是名副其实的豪赌！大船主们赌的是钱财，船工水手们赌的是性命！白米白银在招手在"放电"，谁不向往一航惊人的暴富传奇呢？

可是，海路蹉跎，险象环生。台风、巨浪、倭寇、海盗……谁也不知道明天和意外，哪一个会先来。譬如那次翻天覆地的大风暴，吞噬了"广兴隆"十三条商船，倒霉船东毕生积敛的财富和如日中天的事业,刹那间付诸海洋!又能怎样?

谁能理解,海商们丢下妻儿老小热被窝,风雨兼程,浪里拼搏,有怎样斑驳无奈的血泪史?谁能读懂,家人守望大海望眼欲穿,猜测着亲人是漂在海上还是沉在海底,是怎样的煎熬?"行船走马三分命,六死三留(在外地)一回头。"多是春闺梦里人哪!

故土难离,若能"甘其食,美其服,安其居,乐其俗",谁又乐意背井离乡、搏命海外呢?

一方水土,一方人生。月港周围山多地少、贫瘠咸涩,可怜巴巴的土地又被豪强兼并占领,所剩无几。台风、咸水、旱情轮番肆虐,米贵民饥。百姓早已习惯把大海当作田亩,把深渊当作山陵,把任性的波涛当作纵横的阡陌,把帆和桨当作锄头木桶。驰骋海域是生活常态,群体性格剽悍而勇猛。

术业有专攻,漳州人成为海上权威。航海经验推进了造船业的发展,促进了航海技术的进步，他们熟稔航路和海外贸易，勇敢沉着、遇险不惊的心理素质，更是亮点。"大都海为危道。向导各有其人。看针把舵，须用漳人。"

在反"海禁"过程中，月港是海商最多、斗争最烈之处。他们亦商亦盗如两栖生物：一方面被政府视为不守法规的刁民、顽固走私的寇盗，另一方面以其卓越的经商才能和财货实力，与坚船利炮的欧洲殖民者商船角逐。缺失国家政府这一强大后盾，竟还能稳居东洋各国海上贸易的龙头老大地位！

一块沃土，不种鲜花香草就会长荆棘野藤。事实证明：海外市场畅通则海寇转身变成商人，不通则把商人纷纷逼成了海寇。

大月港的范围，面积约三百平方千米。海商们睁眼看世界、下海游世界，改变家族命运，带动移民浪潮，诠释着"善观时事、顺势而为、敢冒风险、爱拼会赢、合群团结、豪爽义气、恋祖爱乡、回馈桑梓"的闽商精神。即使在月港外贸衰败后，人们仍陆续奔赴异国他乡，谋生谋命谋前程。

万商云集，中外弛声。航海家兼外交家王景弘、最早开发澳门的严启盛、一代侨雄林秉祥、中宪大夫郑永昌……明中叶至清末走出的大月港海商，主导着当时东南亚的贸易市场，把南音、武术、漳绣等闽南文化带到海外华侨侨居地发扬光大。在印尼和菲律宾看到中国犁，是多么寻常的事！

溪尾码头：终结者

溪尾码头遗址处于末端，外贸时百舸争流的气势早就曲终人散，水波泱泱的阑珊氛围跳出一个词：终结者。

旧条石垒砌的堤岸上，三株老榕青枝绿叶、浓荫密布，弥散着白云苍狗的怀旧幽思，自然天成的往事氛围。天下大势，分合无定；起承转合，轮回有因。若能秉持浩瀚透彻的宇宙观，就会随方就圆、愿赌服输，在飞得高时攒足跌得惨的心理准备。

张燮《东西洋考》载，月港在波浪滔天的十八条航线上，与四十七个国家地区频繁直接贸易，出口货物一百一十六种，进口一百四十种……从烈火烹油的极盛，到触目惊心的极衰，匆忙而迅疾，突兀而尖锐！快得令人无法接受：这太不科学了！

然而，客观冷静地回溯梳理，就会发现必然的逻辑。

西方殖民者的野蛮破坏，是衰败的主因。西班牙殖民者虐待屠杀我国商人侨民，最多的那次残杀两万五千人！从1604年开始，荷兰殖民者在东南沿海地区，淫威梗阻、武装杀掠十几年，侵占澎湖和台湾，封锁九龙江口，切断我国与菲律宾群岛的贸易，1622年10月18日，烧毁商船六七十艘，半年时间，绑架贩卖居民一千四百多人！

17世纪初海上殖民强国荷兰，身躯笨重、相貌粗野的"红毛番"，在月港人看来就是魔鬼！就是噩梦！哪还敢出洋经商？漂泊在外心急如焚者，也不敢归来。生机勃勃的月港迅速萧条萎谢。"天地之性人为贵"，殖民主义反人类的罪恶行径，遗臭万年，无论哪个国度。

谁来哀民生之多艰？谁来拯民困于水火？

崇祯帝朱由检在第二份"罪己诏"中，怒斥地方官"出仕专为身谋，居官有同贸易"。实际上，明末财政危机越发严重，到处横征暴敛，一再加重月港税额。贪官污吏们蚕食鲸吞、搜刮民脂，十三种敲诈勒索手段骇人听闻。宦官高采督饷十六年，作恶无底线，是月港暗无天日的浩劫。《东西洋考》载1614年某次私派豪夺："金行取紫金七百余两，珠行取大珠五十余颗，宝石行取青、红、酒黄五十余块……"更变态的是履践偏方："生取童男女脑髓、和药饵之，则阳道复生，能御女、种子。""多买童稚，碎颅刳脑……税署池中，白骨齿齿。嗣买少妇数人……备极荒淫。"

还有，令人毛骨悚然的大规模"迁界"！

郑成功、郑经父子与清军在闽南沿海对峙，战事拉锯近四十年，月港罹难首当其冲。于百姓而言，和平才能发展，战乱岂能安生？1661年，清廷为杜绝郑成功的兵源和补给，竟然使用想象力超强的绝招：毁弃城池，焚烧村庄，强迫离海三十里的居民悉数迁入内地。自江东到九龙江以东的地区皆成弃土,满目疮痍。

"迁界"!旷古未有的政令,张挂起寒刃凛凛的死亡预告。数日仓促眩晕,百姓被从世代居住的热土驱离,被抢劫,被欺凌,没有保障,没有未来,流离失所,饿殍遍野——现实版的地狱场景啊!生存权在哪里?海澄县人口从三万多户锐减到一万出头,凄草寒烟,荒墟昏鸦。因此,当"子民们"助贼助敌击杀官军时,请别惊呼不可思议,孟子曰:"君之视臣如土芥,则臣视君如寇雠!"

其实,月港的兴起,天时大于地利。河道既浅又受潮水限制,满载货物的大船,必须用几条小船牵引拖曳开出;无法靠岸装卸货物,必须由驳船搬运交转,大费周折。且潮水日夜推送泥沙,抬起河床,淤塞港口。所以其被厦门港代替,是顺理成章的宿命,逃无可逃。早在万历年间,政府就在厦门港设置饷馆,盘验月港商船;之后厦门港直接开展外贸;郑成功更是以厦门港为中心,大力发展海外贸易。

1633 年，被蹂躏致死的月港洋市，关闭。1684 年，厦门港设立海关，正式登上海运交通的历史舞台，方兴未艾。

内忧外患、天灾人祸，完成了对月港贸易的合围与灭顶。曾经遍地白银、显赫一时的"经济特区"，盛况风华消逝在浩渺烟波里。月港满腹凄凉委屈。从化外一隅的宁静寂寥，到海内外通商的繁华喧嚣，月港历尽辗转浮沉，蹭蹬一百多年后，黯然回归宁静寂寥。往事依稀，记忆零星而断续。

岁月的轧轧车轮从来罔顾人们的折腾，又自顾运转了四百多年。九龙江的潮汐，依然拍打着码头坚硬的垒石，深邃悠远的回响，慰藉着守候归帆的诸多庙宇。2011 年，漳州市启动"海丝"申遗工作，皓首苍颜的月港开始迎接重生和拓展。保护与开发，是一对可调和的矛盾，只是需要极为精准的角度。风正一帆悬，月港或将抵达文化和美学的新归宿。

图书在版编目(CIP)数据

山海之间的记忆/"惠风·文学汇"丛书编委会编. —福州:海峡文艺出版社,2024.8
(惠风·文学汇)
ISBN 978-7-5550-3795-8

Ⅰ.I267

中国国家版本馆 CIP 数据核字第 2024E5J246 号

山海之间的记忆

"惠风·文学汇"丛书编委会　编

出 版 人	林　滨
责任编辑	朱墨山
出版发行	海峡文艺出版社
经　　销	福建新华发行(集团)有限责任公司
社　　址	福州市东水路76号14层
发 行 部	0591－87536797
印　　刷	上海盛通时代印刷有限公司
厂　　址	上海市金山工业区广业路568号
开　　本	889毫米×1194毫米　1/32
字　　数	120千字
印　　张	8.25
版　　次	2024年8月第1版
印　　次	2024年8月第1次印刷
书　　号	ISBN 978-7-5550-3795-8
定　　价	58.00元

如发现印装质量问题,请寄承印厂调换